落葉沙夢 SAYUME RAKUYOU
イラスト 白井鋭利 [illust.] EIRI SHIRAI

―異能―

Grab your desires with your own hands.

INOU

この世界には確実に
主人公側の特別な人間がいる。

でも、それは僕じゃない。

待ってくれ、[redacted]、
どうしてお前がここにいるんだよ。

決まってるだろ、
異能者だからさ、
君もそうなんだろ。

-INOU-
Grab your desires with your own hands.
赤根凛空
Akane Riku
美久月奏
Mikuduki Kanade

CHARACTERS

—登場人物—

八色真澄
—
Yairo Masumi

月摘知海
—
Rutsumi Chihiro

大迫祐樹
—
Osako Yuki

INOU
異 INOU 能
Grab your desires with your own hands.

―異能―

落葉沙夢

MF文庫J

INOU

CONTENTS

Grab your desires with
your own hands.

口絵・本文イラスト／白井鋭利

一章　大迫祐樹

Grab your desires with your own hands.

《六月十四日金曜日》

先生は教科書の一文をそっくりそのまま黒板に書き写して、あまり見ないオレンジ色のチョークで線を引いた後、赤色で注訳を入れていく。

高校に入って一年と少し、流石《さすが》に緊張感と無縁と言っていい午後の国語の時間は停滞した空気に眠気を連れて来た。

こんな眠気の襲う授業中、中学の頃の僕はよく学校にテロリストが来たならと妄想した。

あの頃の僕は自分が主人公だと信じていた。

運動はそれほど得意ではなかったけど勉強では一位だったし、周囲は僕を天才だと思い、自分自身もそうだと思っていた。

そんな僕の役割は作戦参謀。

「動くな、この学校は我々が占拠した」

突然、教室の前と後ろのドアから入ってくる武装したテロリスト二人。

本物の銃に教室は静まり返る。

「何もしなければ、命だけは助けてやろう」

普段はイキっている宇野《うの》も流石《さすが》に青い顔で、小さく震える。

そんな中、僕はテロリストに見つからないようにクラスメイト全員にスマホでメッセージを送る。

やがて、テロリストの一人が仲間になにか合図をして教室を離れ、その時を待っていた僕は立ち上がる。

「あの」

「座れ、さもないと撃つぞ」

「少し訊《き》きたいことがあるんです」

「こちらにはない」

「どうしてこの学校なんですか？」

「座れと言っている」

テロリストが銃口を僕に向けながら近づいてくる。

「今だ！」

僕の合図で、クラスでも屈指の武闘派の森《もり》と杉田《すぎた》が後ろからテロリストへと飛びかかる。

その隙に僕は銃を奪い、テロリストを降伏させる。

さあ、反攻作戦の開始だ。

直《す》ぐに隣のクラスのテロリストが異変を察知してやって来るだろう。

それを迎え撃つための作戦は既に伝えてある………。


そんな妄想。

今そんな妄想をするなら、僕の役割は教室の隅で震えるモブキャラだ。

作戦参謀なんてとんでもない。

この世界には確実に主人公側の特別な人間がいる。でも、それは僕じゃない。

それじゃ誰かと聞かれれば、直ぐに思い付くのはたった一人。

赤根凛空《あかねりく》だ。

野球部の彼は一年の時から不動のレギュラーで、スポーツ推薦のチームメイトを差し置いてエースを張っている。今年の春、チームが甲子園に行けたことを彼の功績だと考える人も少なくない。マウンドに立てば球場の空気が変わり、全てのスポットライトが彼に集まっているようにさえ感じる。野球にそれほど詳しくない僕から見ても、明らかに他の選手とは一線を画する存在感とプレーで観衆を魅了する。ニュースでも度々取り上げられ、既にスカウトからいくつも声がかかっている。将来は確実にプロになるだろう。

その上で、彼は頭もいい。度々行われる定期テストや実力テストで彼が一位以外の順位を取っているのを見たことはない。この学校で一位をとり続けるのがどれ程凄《すさ》まじいことか、僕には想像すらできない。

更に付け加えるように、彼はスタイルは元より顔もいい。モデルにスカウトされたなんて噂《うわさ》も、疑う方が無理なくらいのイケメンで、一挙手一投足がそのまま写真集になりそうな完璧さだ。まあ、実際噂ではなく事実だと確認も取れている。

これで性格が悪ければ僕みたいな凡人でも多少なりとも彼を見下せる可能性があったのに、残念なことに彼は性格までいい。誰に対しても一定の敬意を持ち、それでいて気さくに打ち解け、壁を作らない。

仮に、この学校にテロリストが来るのなら、目的は赤根凛空《あかねりく》でみんなを率いてそれを解決するのも間違いなく彼だろう。

この高校に入るまで、僕はそんな人間が実在することを知らなかった。

自分は特別な人間だと信じていた。

県内屈指の進学校に合格した時、それが自分の特別さを証明しているように思えた。

結果はというと真逆で、ここでの僕の成績はちょうど真ん中くらい。

凡庸という言葉がよく似合う辺りに落ち着いた。

僕は特別な人間ではなく、普通の人間だった。そんな事実を否応《いやおう》なく嚙《か》み締めさせられた頃に出会ったのが赤根凛空で、彼は持て余すほどの特別さで僕の作った壁をたやすく打ち砕いた。それでも赤根凛空、「アカ」を嫌いになることができないのは、彼が驚くほどいい奴《やつ》で僕のかけがえのない友達だからだろう。

そう、驚くべきことにこんなに特別なアカは、こんなに平凡な僕の友達だ。

鐘が鳴って長い授業がようやく終わる。

ホームルームが始まるまでの少しの間、ざわつき始める教室に、いつもの二人が僕の机の前へとやって来た。

「午後の国語は流石《さすが》に眠くなるよな」

そう言いながら、そんな気配を微塵《みじん》も感じさせない爽やかさの赤根凛空。

「へぇ完璧超人の凛空君でもそんなことあるんだ？」

そんなアカを軽く茶化《ちゃか》すように可愛《かわい》く笑う月摘知海《るつみちひろ》。

どういうわけか、一年の頃から僕とアカ、そして月摘さんはよく一緒に居る。

「そんなに褒めても、なにも出ないぜ」

「否定しないのがアカらしいよ」

僕の言葉にアカはわざとらしく髪をかき上げて決めポーズさえ取る。それがこの上なく様になるから赤根凛空なのだろう。

初めの頃こそ、こんな二人と一緒にいる自分が場違いだと思っていた。

二人と仲良くなった切っ掛けはそれぞれ別だけど、どちらも僕みたいな凡庸な人間と釣り合う人間じゃない。

アカは言うまでもないけど、月摘さんも僕の主観で言ったらクラス一、いや学年一、もしかすると学校一可愛い女子で、二次元からそのまま抜け出して来たのではないかと時々思ったりする程だ。

そんな二人と一緒に居るのが僕みたいな平凡な人間でいいのかと色々思い悩んだこともあったけど今では程良い付属品なのだと納得している。

二人の間を取り持つモブキャラってところ。

「明日公開だよね？」

唐突に月摘《るつみ》さんが僕の机の上に両手をついて身を乗り出した。女子特有の甘い匂いが一緒に動いて僕を包み、軽く色の抜けた柔らかなボブヘアーが目の前で踊る。

「そう言えばそうだったな、サコは観《み》に行くか？」

どういうわけか、と言ったけど一つだけ僕たちを確実に繋《つな》ぐものが存在する。

アニメだ。

主語がなくても通じるくらい、僕たちの会話の主題はアニメで占められている。現に今月摘さんが言ったのも劇場版アニメの話で、彼女がそれの公開を楽しみにしていたことを知っている。

「明日は特に予定ないし、行こうかな」

「ホント？　じゃあ一緒に行こうよ！」

どちらかと言えばアニメの登場人物寄りの可愛《かわい》さを持った月摘さんが机に手を置いたまま大きな目で僕を見る。思いがけない距離に、流石《さすが》にドキッとした。

「いいね、アカも行くよね？」

月摘さんから視線を逸《そ》らす為《ため》にアカを見る。

こっちもアニメから出てきたのかと思う程のかっこよさなので、僕の視界は実質アニメだ。これが青春モノだとしたら、僕は当て馬にもならないだろう。

「明日は練習試合があるから俺はパスだな」

それほど残念そうでもなくアカは首を振った。

「それじゃ、日曜日にしようか？」

「いや、二人で行って来いよ」

アカの趣味を考えると少し外したタイプの映画だけど、いつもなら日程を調整して三人で行こうと言うところなのに珍しい。

「ホームルーム始めるぞ」

そんなことを考えていると教室に担任が気《け》だるそうな雰囲気で入って来る。

「明日は二人でデートだね」

どこまで本気かわからない笑顔で、月摘さんはようやく僕の机から手を離した。


ホームルームが終わってざわめく教室は週末の開放感であふれている。

立ち上がり、僕もその開放感の中で帰り支度を済ませていると不意に肩を叩《たた》かれた。

「詳しいことは後で連絡するね」

僕が振り向くよりも速く、肩を叩いた月摘さんは甘い匂いだけを残し足早に教室を抜ける。あまりの速さに一瞬なにが起こったのかわからず、意識が追い付いた時には月摘さんの姿は教室から消えていた。

「月摘《るつみ》、速かったな」

後ろからの声に振り向くと、今度はちゃんとアカがいた。

「急ぎの用でもあったんじゃない、アカはこれから部活？」

「ああ、サコは図書委員会だろ？」

「うん」

「明日は頑張れよ」

「頑張るって、映画観《み》に行くだけだから」

「デートだろ」

僕が反論する前に、アカは後ろ手を振りながら去って行った。

「デートって言ってもねぇ」

一年近く三人でいるが、月摘さんと二人だけで出掛けるのはそう言えば初めてだ。

「どうしました先輩？」

思いがけず声に出していたようで、隣で静かに本を読んでいた後輩の八色《やいろ》が顔を上げた。

基本暇な図書館には彼女と僕以外誰もいない。

「いや、ちょっと明日友達と出掛けることになってね」

「そうですか」

綺麗《きれい》に切りそろえられた真っ黒な長髪を耳にかけて、八色真澄《ますみ》は本へと目を落とした。

僕も八色もあまり話す方ではないので、僕たちが当番の時の図書館はとても静かだ。

僕も開いていた本を読み始めるけれど、内容があんまり入ってこない。

「女性と出掛けるのですか？」

声に顔を上げると、八色が僕の方を見ていた。

髪と揃《そろ》えたような真っ黒な瞳が真《ま》っ直《す》ぐに僕の目と合う。

「え、ああ、どうして？」

「デートとおっしゃっていたので」

吸い込まれそうな八色の目は動くことなく僕を見ている。表情も殆《ほとん》ど変わらないことも相まってまるで日本人形のようだ。

「そうだけど、冗談みたいなものだと思うよ、よく考えたら二人で出掛けるのが初めてだから、多分そういう表現をしたんだと」

「先輩はどう思っているのですか？」

「どうって、別に」

自分では割と平静を保って答えられたと思うけど、実際はデートなんて言葉をかなり意識してしまっている。

「そうですか」

納得したのか八色は再び読書へと戻り、また図書館は静寂に包まれる。

静寂の中で変に動転した気持ちを整理する。

三人で遊んでいる時は意識しないようにしているけれど、本来、月摘《るつみ》さんは僕なんかが友達でいられるような女子じゃない。可愛《かわい》いし、気遣いができて、成績も彼女の方がいいし、感情豊かで、料理も上手《うま》い、その上アニメの話ができる。有り体《てい》に言ってしまえば、僕は彼女のことが好きなんだと思う。だけど僕なんかに好かれても彼女は困るだろう。なにせアカなんて魅力の塊が直《す》ぐそこにいるのだから。

だから僕が明日のデートでできることは、アカの代わりにせめて月摘さんを不快にさせないことくらいだ。それがモブである僕の務めだろう。

少し惨めではあるが、そう思うことでなんとか、気持ちを落ち着かせた。

「なぁ八色《やいろ》」

「どうしました先輩？」

「デートの時になにか注意しないといけないこととかあるかな？」

「残念ながらそういう経験がないので、分かり兼ねます」

そういう八色の表情は変わらない。

「そっか」

「済みません」

「いや、こっちこそごめん」

こう言うと失礼かもしれないけど、僕と八色は結構似ていると思う。

本が好きということだけじゃなく、アカや月摘さんと仲良くなっていない頃、この高校に入学したての頃の僕と今の八色の雰囲気は似ている。

どことなく他人に対して壁を作って、自分を守ろうとしているところとか。

アカや月摘さんみたいに壁を壊してくれるような友達が八色にもできるといい。

余計なお世話かもしれないけれど、そう思った。

やがて静かな図書館にやがて下校のチャイムが鳴り響いて、閉館の時間となる。

特に言葉を交わすことなく、二人で手分けして閉館作業を終えて鍵を閉めた。

「お疲れ様でした」

「ああ、お疲れ」

挨拶を交わしていつも通り入り口で八色と別れる。

「先輩」

歩き出した僕を後ろから八色が呼び止めた。

「どうした？」

図書館の外で自分から話しかけるなんて、珍しい行動に振り返る。

「ハンカチは持って行った方がいいと思いますよ」

「ハンカチ？」

「先輩、持ち歩いてないですよね」

「え、ああ」

「それでは」

浅く頭を下げて、八色《やいろ》はそのまま歩き去る。

僕がハンカチを持ち歩いていないのは事実だけど、よくそんなことを覚えている。

《六月十五日土曜日》

九時十五分。僕は待ち合わせのバス停にいた。ちなみに、待ち合わせ時間は十時。流石《さすが》に早く来すぎたと思うが、家でじっとしていることもできなかったわけで、我ながら小心者だ。

およそ五分間隔で上りと下りが交差するバス停で、「乗らないのか？」って顔のバスを見送りながら、立ったり座ったりを繰り返す。

「お待たせ」

何台目のバスを見送ったのか分からなくなった時、その声は鮮明に僕の耳に届いた。

「祐樹《ゆうき》君、早かったね」

ベンチに座っている僕を覗《のぞ》き込むように月摘《るつみ》さんは身体を傾ける。初夏の暑さを軽やかに躱《かわ》すような白のシャツに藍色のゆったりとしたパンツを履いている。逆光の中の彼女は輝いているようで一瞬見惚《みほ》れた。

「どうしたの？」

反応がない僕に月摘さんは不思議そうな顔をする。

「いや、別に」

「変なの」

僕の隣に腰掛けた月摘さんはスマホでバスの時刻表を調べているようだ。それに習って僕も時刻表を調べる。どうやらあと一分ほどで来るバスで目的地に行けそうだ。

「次のバスで行こうか？」

同じバスを調べていたらしい月摘さんがスマホをしまって、立ち上がった。

「そうだね」


バスから降りると、目の前に見慣れた巨大ショッピングモールがそびえ立つ。

ここら辺で僕たち学生が遊ぶことのできる場所と言ったらここくらいで、土曜日ということもあって人が多い。

「映画って十二時過ぎだったよね」

月摘さんが確認する。

「うん、先にチケット買っておこうか」

粗相のないように調べていた僕は間髪入れずに頷《うなず》く。正確には十二時十五分からだ。

「だね、そのあと本屋にでも行く？」

「そうだね」

人混みの中を、昨日のアニメの話をしながら歩く。

その行為自体は、道順まで驚くほどいつも通りアカと僕と月摘《るつみ》さんで過ごす週末だった。

デートなんて言葉で変に緊張していたけど、よく考えればアカがいないだけだ。

特に問題なく席の予約も済み、施設内の本屋へと向かう。

本当にいつも通りのルートで、アカがいないことが違和感でさえある。

「あっ、平積みされてるよ！」

月摘さんが明るい声で指さしたのは今日見に来た映画の原作小説だった。帯には映画化と大きく書かれている。

「映画化だからね」

所謂《いわゆる》感動系の小説で、既にアニメ化もされている人気作だ。

「覚えてる？　祐樹《ゆうき》君が最初に貸してくれたのがこの小説だったよね」

「うん、あの頃映画化の情報が出たんだっけ」

忘れるわけもなく、月摘さんと初めて話したのがこのアニメの話題だった。

何気《なにげ》なく彼女が言った言葉が、そのままアニメの台詞《せりふ》だったから、もしかしたらと思って話しかけて、そこから意気投合した。小説を貸したら、僕よりもハマってしばらくは顔を合わせる度にこの本の話をしていたくらいだ。

「そうそう、思い出すだけで少し泣けてきた」

実際に少し瞳を潤ませた月摘さんは手に取った小説をパラパラとめくる。

「その調子じゃ映画見たらヤバそうだね」

「覚悟はしてる」

僕も好きな作品ではあるけど、ここまでではないから少し羨ましい。

ぶらぶらと本屋の中を歩いて、新刊の小説を何冊か買って店を出た。

本屋から出ると、相談したわけでもないのに僕たちの足はフードコートの方へと向く。

これもお決まりのパターンで、軽く腹ごしらえをしてから映画って流れ。本当に拍子抜けするくらい、いつも通りでデートなんて雰囲気はなおさら薄くなる。

フードコートはまだ十一時になったばかりということもあってそれほど混み合ってはいなかった。

「今日はなに食べる？」

歩きながら左右に立ち並ぶ飲食店を月摘さんは交互に見回す。

「月摘さんはなにか食べたいのある？」

「うーん、ハンバーガーかな？」

右斜め前、有名チェーン店を指さして、月摘さんは振り返った。

「いいね、僕もチーズバーガーを食べたい気分だった」

学生としては懐にも優しい価格設定でありがたい。

「なら決まりね、席は頼んでからでいいかな？」

「空いてるし、大丈夫だと思うよ」

ハンバーガー屋の前には二、三人が並んでいるだけで直《す》ぐに僕たちの番が来るだろう。

「あっ」

なにかに気付いたように月摘《るつみ》さんが隣で小さく声を上げた。

「轟《とどろき》先輩、こんにちは」

そして、直《す》ぐに目の前で待っている男性へと声をかける。

月摘さんの声に振り向いた男性はかなりガタイのいい、角刈りの、見るからにスポーツをしていますって感じの、恐らく僕らと同じ高校生だ。でも、見覚えはない。

「ん、ああ、君は確か月摘さんの妹さんだね」

「兄がお世話になっています」

「とんでもない、こちらこそ月摘さんにはいつも稽古をつけてもらっている」

「それにしても、轟先輩がこんな所に来るって珍しいですね」

「母校の中学で稽古をつけてくれと頼まれてな、礼儀として差し入れを持って行こうと思ったが、こういったものでいいだろうか？」

「ハンバーガー嫌いな中学生って少ないと思うのでいいと思いますよ、ね、祐樹《ゆうき》君？」

「えっ、うん」

まさか僕に話が振られるとは思ってなくて、驚く。

「そうか、参考になった、月摘さんによろしく伝えてくれ」

男性は直ぐに前へと向き直り、店員に注文をして、去って行く。

「お次のお客様どうぞ」

その背を追ってしまって、店員の声に少し反応が遅れた。

「私はハンバーガーとシェイクのセットで、祐樹君は？」

「えっと、チーズバーガーセットでドリンクはコーラでお願いします」

支払いを済ませて、番号札を受け取り、店からそれほど離れていない席に座る。

当たり前だけど、月摘さんにも僕が知らない知り合いくらいいるだろう。僕にだって月摘さんが知らない知り合いはいるし、ただ少しだけ微妙な気持ちになったことは事実だ。

例えば、月摘さんはああいう年上の人と付き合うのかもしれないとか考えてしまう。

「今のはお兄ちゃんの知り合いで、工業高校三年の轟先輩」

僕の心を読んだかのように、月摘さんが説明を始める。学校が違うから見覚えがなくて当然だった。

「お兄さんって、確か警察だったよね」

「そう、県で開いてる剣道の錬成会に入っててお兄ちゃんも参加してるから」

「道理で体格がいいと思ったよ、しっかりした人だったね」

「お兄ちゃんが心配性でね、『俺になにかあったとき頼れるように、知り合いは増やしておけ』とか言うから見かけたら声かけるようにしてるんだよね、私はあんまり知らないけど結構強い人らしいよ」

月摘さんの言葉に、彼女の両親が既にいないことを思い出したけど、その話題を今話すべきではないだろう。

「知り合いが多い方が確かに心強いもんね」

「まぁ滅多《めった》にいないけどね」

なんて話をしている内に、番号札が鳴って呼び出された。

「私が言うのもなんだけど、祐樹《ゆうき》君って小食だよね」

きっと、アカとの比較で言っているのだろう月摘《るつみ》さんはハンバーガーを包んでいる紙を手を汚さないように丁寧に外す。

「男子にしてはそうかもしれないけど、アカが異常なだけだと思うよ」

「あー凛空《りく》君ね、やっぱり異常なんだ」

「十個は普通食べられないって」

「だよね、ここくるときいっつも凛空君のが出てくるまで時間かかるから、今日はスムーズだなぁって思ってた」

笑って月摘さんは両手でハンバーガーを持って、口に運ぶ。

「あれで太らないから、その分消費してるんだろうし凄《すご》いよ」

少しもぐもぐしてからシェイクでそれを流し込んだ月摘さんは小さく息を吐く。

「太らないのは羨ましいなぁ」

「まぁ、アカだからね」

僕もチーズバーガーを一口かじる。ケチャップとチーズ、パテとピクルスが口の中で混じって食べ慣れたいつもの味になる。

「そう言えば、祐樹君だけだよね」

チーズバーガーが残り一口になった時、月摘さんが口を開く。

「なにが？」

月摘さんは既に食べ終わっていて、シェイクをゆっくりと飲んでいるところだった。

「凛空君をアカって言うの」

「ああ、これはまぁなんとなく、あっちが先に僕のことサコって呼んできたから、アカって返したらあいつが気に入ってさ」

「へぇ、いつの間にかそう呼び合ってたから、なんかいいなぁって思ってた」

「月摘さんも呼べばいいんじゃない、アカなら別に気にしないだろうし」

「そっちじゃなくて祐樹君の方、私のことずっと名字だし、あだ名とかでもないし」

「いや、それはさ」

月摘さんの返しが予想外で、思わず残り一口のチーズバーガーを口の中へと押し込んだ。

「あっ、もしかして名前覚えてないとか？」

そして、それをコーラで流し込む。喉を思いの外強い刺激が通り過ぎた。

「流石《さすが》に覚えてるよ」

「じゃぁ言ってよ」

月摘さんはいたずらっぽく笑う。

その仕草はとても可愛《かわい》いけど、一年も一緒に居て名前さえ覚えていないと思われるのは少し癪《しゃく》だ。

「『知海《ちひろ》』でしょ」

変に意識しないように単語として口にする。

「正解」

嬉《うれ》しそうに月摘《るつみ》さんは身を乗り出す。

「そっちで呼んでもいいけど？」

反射的に僕は身体を引いて、彼女との距離を一定に保った。

あんまり近づくと心臓に悪い。

「いや流石《さすが》にその度胸はないかな」

「怒ったりしないよ」

「そうじゃなくて周りの目がさ、名前で呼ぶのってやっぱり勇気がいるんだよ」

「周りの目とか、気にしなくていいのに」

「それは月摘さんが女子だからだよ」

「ふーん」

あまり納得のいっていない顔で、月摘さんはシェイクを飲み干した。

「土曜日なのにいい席が取れて良かったね」

映画館の中央、少し後ろ目の席に僕たちは並んで座っている。

「アニメ好きな人じゃないとあんまり観《み》に来ないだろうからね」

上映五分前になって殆《ほとん》ど埋まってはいたが満席にはなっていない。

「私たちみたいなね」

なぜか嬉しそうに月摘さんは言った。

「そうだね」

ブザー音が鳴って、館内がゆっくりと暗くなる。

お決まりの映像とＣＭが流れて、本編が始まった。

アニメ版とも原作とも微妙に違う展開で映画は進む。

クライマックスが近づき、ヒロインが最期の願いを主人公たちに託して消える場面へとさしかかる。会場のあちらこちら小さくすすり泣く音が聞こえ始め、直《す》ぐ隣でも聞こえた。

画面の光に月摘さんの頬《ほお》に流れる涙が反射している。

「使う？」

八色《やいろ》に言われて持ってきていたハンカチの存在を思い出し、差し出す。

「ありがと」

ハンカチを渡す時、軽く手が触れて、その柔らかい感触にドキッとする。

少しだけ八色に感謝した。

物語はクライマックスを迎え、流石の僕でも少し涙腺を刺激される。

ふと、肘置き上に置いていた手の上に温かいものが被《かぶ》さった。

直《す》ぐにそれが月摘《るつみ》さんの手だとわかって鼓動が一気に高鳴る。

僕の手よりも小さく、柔らかで温かなそれが、僕の感覚の殆《ほとん》どを奪っているようで、感情が大混乱を起こしている。

大混乱の中、映画は原作通りにハッピーエンドとバッドエンドの間のような終わり方をした。

エンドロールが終わり、館内が明るくなり始めた頃、月摘さんは手をどかした。

それまで温かかった分の差が異常に冷たく感じた。

「行こうか」

他の観客が捌《さば》けるのを待って赤い目の月摘さんが立ち上がる。

「そうだね」

まるで手のことなんてなかったような感じに、僕はなにも聞けなかった。

映画の後は決まって感想戦をカフェですることになっている。

月摘さんは長い名前の期間限定のカフェフラッペを頼んで、僕はカフェオレを頼んだ。

「いい映画だったね」

大満足らしい月摘さんは未《いま》だに赤い目を少し恥ずかしそうに拭っている。

「本当にいい映画になってたね、二時間の枠でどう納めるのかすっごく考えられてたよね、削る部分と補填《ほてん》する部分の選択がしっかりできてたし」

「うん、でもやっぱり絵が綺麗《きれい》になってて、アニメの時より入り込めたかな」

「作画はかなり良かったね、背景までかなり描き込まれて綺麗だった」

感想戦は概《おおむ》ね褒める言葉が続いて、月摘さんは時々思い出したのか、涙腺を緩めていた。

「あっ、ハンカチは洗って返すね」

目頭を拭う時に思い出したのか、手に持った僕のハンカチを見る。

「別にそのままでもいいけど」

「ダメ、かなりグチャグチャだから」

それがいい、というのは流石《さすが》に変態じみているから自重することにした。

「うん、でもアカも来られたら良かったのにね」

僕の言葉に月摘さんは少し不思議そうな顔をする。

「私は祐樹《ゆうき》君と来られて良かったけどね、二人だけでって初めてだし」

「月摘さんはアカと一緒に来たりしないの？」

「しないかな、祐樹君がいないとあんまり凜空《りく》君とも話したりしないし」

それは意外な言葉だった。自分がいない時の二人の様子なんて知りようもないけど、きっと僕がいる時よりも親密なのだろうと勝手に思っていた。

「そうなんだ」

「それにアニメの趣味が合わないし」

「アカはバトル系が好きだもんね」

「だから今日、祐樹《ゆうき》君と二人で来られて嬉《うれ》しかったな」

なんだか、僕の思っていた人間関係が微妙に間違っていると言われたような気がした。

僕は赤根凜空《あかねりく》と月摘知海《るつみちひろ》という美男美女の間に存在する付属品で、アニメって媒体を通して彼らを繋《つな》げるだけのキャラだと思っていた。

「祐樹君はどうだった？」

「僕も」

言いかけて、嬉しかったって言葉にどれほどの意味があるのかを考えてしまう。

「僕も？」

言葉の続きを催促するように月摘さんが首を傾《かし》げた。

「僕も嬉しかったけど、月摘さんがデートなんて言うから変に緊張しちゃったよ」

できるだけ変な意味にならないように僕は笑う。

趣味が合うからと言って本来僕みたいなモブキャラが隣にいていい人じゃない。

「えっ、デートでしょ？」

心底意外そうに月摘さんは目を丸くした。

「あれって冗談じゃ」

「ないからね」

僕の逃げ道は食い気味に否定された。

いつの間にか、会話が地雷ゲームの様相を呈している。

いやいやいや、ない。月摘さんが僕を好きだって可能性はない。

こんなに可愛《かわい》くて、アニメが好きで、素敵な女子がモブキャラの僕を好きだなんて可能性はない。

月摘さんは僕の言葉を待っているように見つめて来る。

明るい茶色の吸い込まれそうな瞳から目を逸《そ》らせない。

ここで少しでも友達以上の好意を示唆するような言葉を使えば、これまでの関係さえ失ってしまうに違いない。

「それじゃ、そろそろ帰ろっか」

なんとか絞り出した言葉に、月摘さんは少し不満そうながらも頷《うなず》いてくれた。

バスに乗るまで、気まずいのとは少し違うなんとも言えない沈黙がずっと流れていた。

月摘さんは窓側に座って外の風景を見ている。

隣に座った僕は、微妙に近いバスの座席の距離感に落ち着かないまま、月摘さんの横顔越しに外を見ていた。

「て」

小さく月摘さんがつぶやく。

「て？」

僕の言葉に応えるように月摘さんが右手を中央の肘掛けへと掌《てのひら》を上向きにおいて開く。

僕を待っているようなそれに、少し戸惑いながら左手を被《かぶ》せた。

柔らかい月摘《るつみ》さんの右手がしっかりと僕の左手を握り返す。

「祐樹《ゆうき》君ってさ、凛空《りく》君のことすっごく意識してるよね」

こっちを向かないまま月摘さんの手が少し熱くなったように感じた。

その熱が伝染したように、僕の頭も火照って本心以外の言葉が思いつかない。

「アカは主人公だからね」

「祐樹君は違うの？」

「僕はモブキャラだから」

「モブキャラじゃないよ」

振り向いた月摘さんと目が合う。

夕日が照らすような時間でもないのに、月摘さんの頰《ほお》は赤く染まっていた。

きっと僕の頰も同じように染まっているのだろうと、熱っぽさを感じる。

次に言うべき言葉が見つからない。いや、多分僕はその言葉を知っているけど、それを言う勇気がない。だから僕はモブキャラなんだ。

「お降りの方はボタンを押してください」

運転手の声が僕たちの降りるバス停を告げる。

「月摘さん、ボタン」

「名前で呼んで」

僕の方を見たまま、月摘さんは手をきつく握った。

「ち、知海《ちひろ》さん」

単語ではなく、名前として口にするとその新鮮な感触になにかが塗りつぶされてしまうような気がした。

「やっぱりさん付けなんだね」

いつものように笑って、月摘さんは右手を離し、ボタンを押す。

「次、停《と》まりまーす」

まもなくバスが停まり、僕は立ち上がる。

左手と顔が空気に晒《さら》されても全然冷める気配がないまま火照っていた。

先にバスから降りた僕の背中に甘い匂いが覆い被さる。

匂いは感覚を連れてきて、直《す》ぐに月摘さんが後ろから抱きついているのだと分かった。

柔らかいとしか形容できない感覚が背中を占領する。

「祐樹君も私にとっては主人公だよ」

走り出すバスのエンジン音に紛《まぎ》れて、月摘さんの声がした。

同時に月摘さんが離れる。

「じゃあねっ」

振り返った時には月摘さんは既に走り出していた。

僕より少し低い身長、大きくない歩幅、柔らかに揺れる髪、そのどれもが現実ではない

ように思える。

　僕は全く収集のつかない頭で、彼女を見送ることしかできなかった。

　未《いま》だに普通の思考を取り戻せていない僕はなんだか軽く宙に浮いたような足取りで家へと帰り着いた。家のにおいが非現実から僕を少しだけ現実へと引き戻す。

「ただいま」

　返事がない。母さんは夕食の買い物にでも出掛けたのだろう。

　部屋でゆっくりと頭を冷やす必要がありそうだ。

　その上で、月曜日どう月摘《るつみ》さんと接するかを考えないといけない。

「やぁ、おかえり」

　自分の部屋のドアを開けた僕を迎えたのは、見たことのない男の子だった。

「えっ？」

　おかっぱに切りそろえられた髪と子供用のタキシードをしっかりと着こなした男の子はとても時代錯誤に思える。明らかな異物に思考が上手《うま》く動かない。

「まぁ落ち着きたまえ、ここは君の部屋だろう、座ったらどうだ？」

　見た目に似合わない口調で男の子は僕の学習机の椅子を引いて、僕に座ることを促した。

「君は誰、ですか？」

　迷子やその類いにはとても見えない落ち着きを持った男の子に思わず敬語になる。

「誰、うむ少し難しい質問だが、名前ならいくつもあってね、そうだな、便宜的に和抄造《にぎしょうぞう》とでも呼んで貰《もら》おうか、最も使っている名前だからね」

「和さん？」

促されるまま椅子に座り、男の子と目線が同じくらいになった。

「よろしい落ち着いたかな、君に朗報を持ってきたよ」

彼はジャケットのポケットから指輪を取り出し、僕へと差し出す。

「君へのプレゼントだ」

手渡された指輪は金属製で、小さい真っ黒な石が固定されている。

「はめてみるといい、どの指でも構わないよ、指に合わせて大きさが変わるようになっている」

男の子は当たり前のように、当たり前ではないことを言った。

試しに右手の小指にはめてみると、全く違和感なく指輪はフィットした。外して、人差し指にはめてみても同じようにフィットする。

「形状記憶とかそういう」

「異能だよ」

男の子は聞き慣れない単語をさも当然と言う。

「えっと」

「君も持っているだろう、異能を」

中学生の頃ならそういう妄想をしたこともなくはないけど、現実に自分がそれを持っているわけではない。その程度の分別はある。

「えっと、和さんはなんでここに」

「その指輪は大会参加のチケットなのさ、そして得るべき宝物でもある、なくさないようにしてくれたまえ、なくしたら死ぬからね」

「死ぬって」

過度な誇張や冗談の類いとは思えないテンションで言う男の子に少し笑ってしまう。

「本来の性質とは異なるのだが、無闇になくされても困るからね、大会期間中だけそういう性質を付与させてもらったよ」

「大会？」

「異能者による生存と願望をかけた大会だよ、君たちにはその指輪をかけて戦って貰う、指輪を全て集めた者、まぁ必然最後まで残った者が勝者となり、その時その指輪は賢者の石になる、聞いたことくらいあるだろう、いかなる願いも叶《かな》えることができる石だよ」

男の子はすらすらと、何一つ疑問はないだろうと言わんばかりに語る。

「あの、全然わからないんですけど」

「奇妙だな君、他の者は割とすんなり受け入れたが、ああ、忘れていた、一つ君の願いを疑似体験させてあげることができる、時間はそれほど長くはないがね、そうすれば直《す》ぐにわかるだろう」

「君も人の子だ、なにかしらあるだろう?」

男の子はにやりと笑った。その表情は願いを叶《かな》えてくれる妖精と言うより、対価を求める悪魔のようだ。

「願い、ですか」

「いえ、特には」

「つまらないことを言うものではない、凡人ならいざ知らず、異能者がなんの願いも持たないなどあるはずがないだろう」

僕はその凡人なんだから仕方ない。本心を言えば、願いが全くないわけではないけれど。

「まぁ、体験するもしないも自由ではある、言ってみればこれはモチベーションの為《ため》のサービスに過ぎない、しかし、賢者の石の力をいぶかしむのなら経験しておくべきだろう、その気になれば世界さえ変え森羅万象を手中に収めることのできる力だ、なにより実際にそれを手に入れることができるのはたった一人、擬似的にでも願いを叶えればよかったなどと後から悔やんでもつまらないだろう?」

世界を変えるなんて言われても、僕はこの世界にそれなりに納得している。森羅万象なんて言われても漠然としすぎてて、実感が湧かない。

「もう一度だけ聞くが、君の願いはなにかな?」

男の子はもう一度、にやりと笑った。

言うことを信じたわけではないけれど、そこまで言うならやってもらおう。

「特別」

「ん？」

でもきっと僕の願いは叶わない。僕が変えたいのは世界じゃなくて自分だから。

一瞬、アカの顔が脳裏を過《よぎ》った。

「特別な存在になりたいんです、主人公に」

「わからない願いだね、まぁしかし賢者の石なら汲《く》み取ってやるだろう、この石を見てその願いを思い浮かべなさい」

男の子は指輪に嵌《は》まっているのと同じような黒い石を僕の前へと差し出した。

言われるままに、その石を見つめる。

まるで電流が走ったような衝撃が一瞬、身体の中を駆け抜けた。

「なるほど、それが君の願いかね、鏡を見るといい」

鏡に映っていたのは、アカだった。スポーツができて、頭がよくて、格好《かっこ》良くて、僕にない全てを持っている主人公。

手を動かすと鏡の中のアカの手が動く、視線の位置がいつもよりも高い。僕は紛《まぎ》れもなくアカになっていた。

「変身願望はよくある願いの一つだな、理解できないが否定はしないでおこう、さて時間だ」

男の子が言うと、目の前が白くなり、次の瞬間には鏡に映っているのはいつもの冴《さ》えない僕になっていた。

「今、本当に？」

にわかには信じがたい現象が僕の身を通り過ぎたことを上手《うま》く飲み込めない。

「君も異能者ならわかるだろう」

「僕はそんなんじゃないです」

「おかしなことを言う、そうでなければ指輪を持ってきたりしない」

「でも、そんな力、僕には」

「その歳《とし》になるまで自らの異能に気がつかない人間がいるのは面白い、しかし君が納得するまで待つ暇はなくてね、これを引いてもらえるかな？」

どこから取り出したのか、男の子はいつの間にか両手で箱を抱えていた。

その上面には手が通るように丸い穴が開いていて、薄暗い箱の中には数枚の紙が見える。

「引くって」

「クジ引きくらいやったことがあるだろう」

男の子は急《せ》かすように箱を目の前へと持ち上げた。

今度はどんな不思議なことが起こるのだろうと、少し恐れながら手を箱に入れて、紙を一枚取り出す。

しかし特に不思議なことは起こらなかった。

「広げて見るといい」

四つ折りにされた紙を広げると、中に赤い丸が書かれている。

「おお、おめでとう、当たりだ」

「当たり？」

「ああ、これも説明していなかったか、毎週土曜日、君たちにはクジを引いて貰《もら》う、当たったら日曜日の二十二時から対戦だ、外れたらまた来週までお預け、総勢十三名の異能者が最後の一人になるまでこの形式で対戦を繰り返してもらう、これが大会の概要というわけだ、そういう事だから君は明日戦って貰う、会場は、そうだな工場跡地にしよう、街外れのあそこだ、わかるだろう？」

「い、いや、ちょっと待ってください」

「遅刻と欠席はしない方がいい、どうせ死ぬのなら戦って死にたいだろう？」

「えっ、死ぬって？」

「何を驚く？　異能者がその力を用いて願いをかけて戦うのだから、どちらかの死亡以外に決着の方法など有り様筈《ようはず》もないだろう」

「そんな、僕には異能なんて」

「何度も同じ事を言うのは好きではないのだが、君に異能がなければここには来ていない、なにか発動条件が特殊なものなのかもしれないが、まぁ対戦までにわかることを期待しているよ」

「ちょっと」

言いかけた時には、部屋のどこにも男の子の姿はなくなっていた。

夢？

ではないことを人差し指にはまった指輪が教える。

今日という日の情報量が多すぎて、頭がクラクラした。

月摘《るつみ》さんのことだけで頭が軽くキャパオーバーなのにその上で、異能？

そんなものが僕にあったのなら、こんな平凡なモブキャラみたいな人生を歩んでいるはずがない。そんなこと誰に言われるまでもなく僕が一番よく知っている。

賢者の石に異能。ラノベを読みすぎた夜だってもっとマシな夢を見る。

その上に殺し合いなんて、現実離れしすぎてて冗談にもならない。

でも、あの和抄造《にぎしようぞう》と名乗った男の子が嘘《うそ》や冗談を言っているようには思えなかった。

なによりあの瞬間、僕は間違いなくアカになっていた。

完全に信じたわけではない。ただ、あり得ない経験をしたことだけは間違いなかった。

万が一、なにかの間違いで僕に異能があるってことも本当かもしれないと微《かす》かに思った。

それでも信じたわけじゃない。

ほんの少し考えただけだ。

異能があるのなら僕は特別になれるのかもしれない。

主人公になれるのかもしれない。

月摘さんに見合うような。

自分の手を見る。至って普通のつまらない手だ。

こんな僕に異能なんて、まだ疑っている方が大きい。

でも、あの男の子が言ったことはやっぱり全くの嘘にも思えなかった。もしくは、少しでも自分が特別かもしれないって可能性を信じたいのかもしれない。

あの子の言うことが本当に本当なら、明日の二十二時までに異能を見つけなければ僕は殺される。それこそ悪い冗談だろう。まだ死にたくはない。

警察に通報しよう、そんな考えが頭を過《よぎ》る。

それで僕はなんと説明するつもりだろう？

知らない男の子が異能者に賢者の石をめぐって殺し合いをさせようとしている。

そんなことを言ったら十中八九いたずらだと怒られるか正気を疑われる。

きっと誰に言っても同じ反応になるだろう。

つまり、僕の選択肢は二つだった。

あの男の子の話を夢か冗談か、そういうなにかとして流すのか。大真面目に受け止めて、今から必死に自分の異能を探すのか。

どちらにせよ、明日の二十二時が来れば結果はわかる。

信じたわけじゃない。

でも、僕が特別になれる可能性が少しでもあるなら答えは決まっていた。

発動条件が特殊な異能を見つけ出さなければならない。

これまでの人生で一度もしていないこと、例えば逆立ちしながら歌うとか……？

それで発動する異能ってなんだよ、と思いつつも軽くやってみる。

当然なにも起こらない。

夕食さえ食べずに、ひたすら思いつくままに普段やらないようなことを試してみる。

疲れているはずだったけど、変な緊張が続いて眠さがやってこなかった。

思い付く限りを試し、窓の外が白み始め全裸で自分の尻を叩《たた》きながらベッドを上り下りすることまでした所で、いよいよ自分がナニをやってるのか分からなくなってきた。

ダメだこんなんじゃ埒《らち》があかない。冷静になるために取《と》り敢《あ》えず服を着て、床に座る。

そして、薄々感じていた可能性について考えてみた。

これだけやって、これまで生きてきて、発動したことのない異能。

そして、万が一、僕がこの世界で主人公なのだとしたら、持ち得るべき異能は一つなんじゃないのか？

「異能を打ち消す異能」

呟《つぶや》いて、それが妙にしっくりきたような気がした。

確信のような感覚、僕の異能はきっとそれだと思った。

異能の目星がついたところで少し気持ちが落ち着いて、そう言えば帰ってから一度もスマホを見ていないことを思い出す。

『今日は楽しかったね、変なことしてごめんね、でも最後に言ったことは嘘《うそ》じゃないから』
開いて直《す》ぐに目に入ってきたメッセージに、死ぬわけにはいかないと強く思った。

《六月十六日日曜日》

時刻は二十一時四十八分。

男の子が提案した会場は工場跡と言われれば街の誰もがわかる場所で、十年くらい前までかなり大規模な工場があったが、そこが潰れてからは買い手もつかないまま更地になり放置されている。家から自転車で行ける距離で有り難《がた》い。

周りを取り囲む鉄製のバリケードは所々壊れ、簡単にその中へと侵入することができた。

市街地から少し離れていることもあって光源はほぼないが、満月に少し足りない月が照らしていて、思ったよりは暗くない。

地面とコンクリートがまばらに存在し、背の低い草が一面に生えていた。

僕の手には包丁、ポケットには折りたたみナイフを仕込んでいる。

僕の異能で相手の異能を消せたとしても結局は肉弾戦になる。

運動が得意じゃない僕が生き残る為《ため》には、異能を消して相手が驚いているその一瞬を狙うしかない。中学の頃の妄想のように、僕はその瞬間を何度もシミュレートした。

そこまで準備しても心のどこかではクラスの誰かが仕込んだドッキリなんじゃないかと疑っている。むしろ、そうであればいいと思っていた。

殺されるのも殺すのもごめんだ。

「早いじゃないか、君」

薄暗い中、そんな考えをかき消すように男の子はなんの予兆もなく目の前に突然現れた。

「こんばんは」

驚きも相まって特に言葉が思い付かず、挨拶をしてみる。

それが面白かったのか、彼は「ふふっ」と小さく笑った。

「確かに、こんばんは、だな、この場にそんな間の抜けた言葉が通るとは思ってもみなかった、それで君、異能はわかったのかな」

「大丈夫です、僕は生き残らないといけない」

明日、知海《ちひろ》さんに会うために。

「その意気やよしだな、さて相手だが」

男の子が振り返る。その視線の先、月明かりの中にぼんやりと人影が浮かんでいた。

「来たようだな」

次第にハッキリしていく人影が、なんとなく見知った姿に見えて、心がざわつく。

「あれ、サコ?」

聞き覚えのある声、見間違える筈《はず》のない姿。

「アカ、どうして」

赤根《あかね》凛空《りく》、主人公がそこにいた。

ドッキリのネタばらし？

一瞬期待するがアカはそんな素振《そぶ》りも見せず、少し驚いたような顔をする。

「サコも異能者だったのか」

まるで、異能が当たり前のもののように彼は言った。

「なんだ、君たち知り合いだったのか、それはいい」

男の子が手を叩《たた》くが、なにがいいのかが分からない。

「待ってくれ、アカ、どうしてお前がここにいるんだよ」

「決まってるだろ、異能者だからさ、サコ、君もそうなんだろ」

「だからって、僕たちが戦う必要はないだろう？」

「必要はあるだろ、俺たちは異能者で、戦うためにここに来たんだから」

アカが笑う。それは今までに見たこともないような嗜虐《しぎやく》的な顔だった。

「お話はそれくらいでいいかな、そうそう、言い忘れていたが対戦の最中は会場に侵入者がいないように隔離させてもらうよ、トイレの準備は済ませたかな？」

冗談めかして少年が言う。

「構わない」

「待てよ、僕は君を傷つけたくはない」

「まるで俺に勝てるような口ぶりだな」

「ふむ、説得するのは面倒だから始めてくれたまえ」

我慢できないように男の子が言った瞬間、足元を掬《すく》われるような感覚がした。

風。

そう思った時にはもう僕の身体は宙に浮いていた。

凄《すさ》まじい勢いの風が、下から僕の身体を持ち上げている。

跡地を囲むバリケードよりも高く上がったところで風は止《や》んで、僕の身体は重力に引かれ地面へと叩《たた》き付けられた。

「んぐっ」

背中の衝撃が全身へと瞬時に広がり、肺の空気を強制的に吐き出させる。

「ごめんなサコ、一回で終わらせるつもりだったけど足りなかったみたいだ」

まるで数学の問題を解く時のように冷静なアカの声がした。

全身が痛い。でも、動けない程じゃない。ゆっくりと立ち上がる。

手に握っていた包丁は叩き付けられた衝撃でどこかに飛んでいったようで、辺りには見当たらなかった。仕方なくポケットから折りたたみナイフを取り出して開く。

「アカ、本当に」

「サコ、君は大切な友達だ、だからって代わりに死んでやることはできない」

確かにアカに比べれば僕なんて大して価値のない取るに足らない人間かもしれない。

アカが死ぬより僕が死ぬ方がいいと思う人間は多いはずだ。

それでも、僕には死ねない理由がある。

明日学校に行って、月摘《るつみ》さん、いや知海《ちひろ》さんに言わないといけない言葉がある。
「僕も、アカの代わりには死んでやれない！」
ナイフを強く握りしめて、僕は走り出した。
足元を風が流れる。
来る。
このタイミングだ。
僕は強く念じる。アカの異能を消す。この風を消す。
アカじゃない、僕が主人公なんだ！
強い風が吹いた。
なにも、起こらなかった？
僕の身体は容易《たやす》く持ち上げられ、さっきより明らかに速い速度で空へと上っていく。
嘘《うそ》だろ？
そう思う心のどこかで、当たり前だろうとも思っていた。
僕は主人公……じゃない。
主人公になんかなれない。
僕に異能なんかあるはずなかった。
僕はただのモブキャラだ。
死にたくない。

そんな思いを嘲笑《あざわら》うように遠くに見えるビルより高くなったところで、上昇が止まって、背中を押していた風が消えた。

風を切る音をさせながら、僕の身体が落ちていく。

落ちて、落ちて、落ちて、落ちて、地面へと叩《たた》き付けられる。

背中だけじゃない、全身全体内蔵から骨、全てが弾《はじ》けるような痛みが襲い、同時に頭は鈍い音を立てて眼底に火花を散らした。

こんな痛みは生まれて初めてで、それでも直感的に分かった。

これは助からない痛みだ。

直《す》ぐに全身の痛みは飽和して、どこがどう痛いのかすらわからなくなる。

視界が明度を失っていく。

ごめん、知海《ちひろ》さん。

思考が、消えていく。

「サコ、悪いな」

二章　赤根凛空

Grab your desires with your own hands.

《六月十六日日曜日》

サコの死体は酷《ひど》い状態になっていた。

腕も足もあらぬ方向に曲がって骨が突き出し、頭は割れている。

これを俺がやったのかと思うと、少し寒気《さむけ》が走った。

「お疲れ、それじゃ指輪を取っていいよ」

ガキがサコを指さす。

「お前が取れよ」

「死体が怖いのかな、君の友人なんだろ？　だった、と言う方が正しいか」

俺を馬鹿にするようにガキはサコを指さしたままだ。

「どちらにせよ指輪の獲得は勝者の権利だからね、君がする他ない、なに難しくはないよ、指輪同士を触れ合わせるだけでいい、そうすれば指輪は一つになる」

サコ。

彼がはめている指輪に俺の指輪を近づける。

必然、サコに近づくことになり、彼のにおいとそれをかき消すほどの血のにおいをかぐことになった。

嗅ぎ慣れない臭いに思わず嘔吐《えず》く。

悪いな、サコ。でも、俺が死ぬわけにはいかなかったんだ。

ガキの言ったとおりにサコの指にはまっていた指輪は俺のに触れると溶けるように消え、一つになる。不思議な現象だったがいまさら驚きもしない。

「それじゃ帰っていいよ、お疲れ様」

この場に興味がなくなったようにガキは俺に背を向けた。

「おい、サコの死体はどうするんだ」

「そのままでいいさ、警察なんかじゃ真実にはたどり着けない」

《六月二十一日金曜日》

この一週間はあまりいい週とは言えなかった。

サコの死体は月曜日には発見され、土曜日に見つかった別の死体と合わせてこの街を騒がせている。

そっちの方も大会と関係しているのかは知らないが、連続殺人なんて言葉が誰からともなく聞こえてきた。

この先も大会は続くのだから、言葉の通り連続殺人になるだろう。

不安視していた警察はガキの言った通り、手掛かりを掴《つか》めていないようでサコのクラスメイトとして軽く話を聞かれた以外は特になにも追求はなかった。

警察と言えば月摘《るつみ》は月曜に早退してから学校を休んでいる。

彼女に関しては仕方ないだろう。あいつがサコを好きだったことは知っていたし、だからこそ、他の女子と違い連《つる》んでいて気安かった。

サコはそこら辺全然わかっていなかったみたいだが。

そういう所を含めて俺はサコを気に入っていた。

アニメという触媒があったにせよサコは俺に対等な友達として接してくれていたし、俺もサコを対等な友達だと思っていた。

そんな人間がこの学校に果たしてどれだけいるだろう？

あいつのことで思い出すのは、連み始めて間もない頃の事だ。

「よぉ、サコ」

なんとなく思い付いたあいつのあだ名を呼んだ時。

「どうした、アカ」

すかさず、サコはそう返した。

俺にはそれが嬉《うれ》しかった。

俺は自分が特別な人間だと自覚している。だからこそ周囲にどう見られるかに関しても自覚的だ。表面上は仲良く連んでくれてた奴《やつ》らが、内心で俺を疎んでいたりすることを知っている。そういう奴《やつ》らは、俺が不意に気安い呼び方をすると見下されたと思うらしい。あからさまに反応しなくても、そういうのは大体わかる。

だが、サコはそうじゃなかった。

あいつが俺の特別さを理解していなかったわけではないだろう。それでも、あいつは俺を赤根凛空《あかねりく》ではなく、友人のアカとして扱ってくれていた。

その存在は俺にとって小さくなかった。

特にこういう時にそう感じる。

「ねぇ、赤根君一緒に帰ってもいい？」

練習が終わり、部室前で着替えた俺が出てくるのを待っていた野球部マネージャーの白川希美《しらかわのぞみ》、栗田萌愛《くりたもえ》がわざとらしい声色で声を掛けてきた。

「ああ、いいよ」

できるだけ爽やかにそう答える。

俺は特別な人間で、だからこそ人当たりも良くなくてはならない。

校門まで歩くと、更に三人の女子グループ、テニス部の西条《さいじょう》、三上《みかみ》、飯山《いいやま》が俺を待っていた。

「あっ、凛空君じゃん、私たちも一緒にいい？」「ほら、まだ殺人犯捕まってないし」「怖いよね」

「任せろ、俺が守ってやるよ」

こんなバカみたいな言葉にも女子たちは媚《こ》びるような黄色い声を上げる。

内心、冗談じゃないと思っていてもそれを出すようなことはしない。

お前が待ってたのがその殺人犯の一人だと言われたら、こいつらはどんな顔をするのだろう？

正直、内心で俺を疎む奴らよりも、あからさまに気に入られようとしてくる人間の方が苦手だ。

女子たちは俺を囲むようにして、バカに遅い速度で歩く。

会話の内容は、殆《ほとん》どどうでもいいようなことで塗りつぶされていて、これほど不毛な時間もないだろう。

サコと月摘《るつみ》が居た頃は二人が壁になっていたこともあってここまで酷《ひど》くはなかった。

さらに、道中で他校の女子グループが追加され歩くだけで目立つような大所帯となる。

こんなことが火曜日からずっと続いているのだから最悪だ。

周囲の人間が俺に惹《ひ》かれるのは多少仕方ないとしても、ここまでくると面倒くさい。

女子一人ひとりを家の近くまで送り、自分の家の近くでようやく一人になれた。

普段ならランニングして帰るので、その分のトレーニングを別枠で組み込まないといけない。睡眠時間がまた短くなるな。

俺は特別な人間だ。

それに気付いたのは物心ついてそれほど経《た》たない頃だった。

息を吐くことで周囲の風を自在に動かすことができる。

俺にとって当たり前の動作が他の人間にとってはそうでないことを知った時、俺は自分が選ばれた特別な人間なんだと自覚した。

思い返せば安直だが、結果としてはそれが始まりだった。

特別な人間が特別であるために、俺はできる限りのことをしてきた。

特別な人間はあらゆる面で特別でなくてはならない。

俺は自分が特別であることの証明を求めた。

勉強もスポーツも全てにおいて手を抜くことなく、限られた時間の中で最大の効率を求めて行う。

日々の計画を綿密に立て、それらを継続する。自身の状態を適切に判断し、不足部分を即座に補う。

並行して行えることはそうして、集中しなければならないことは時間を区切り一気に終わらせる。自由に使える時間、一分一秒が貴重で、それが俺を特別にする。

全てにおいて、他者に劣ることなどあってはならない。それは特別ではないからだ。

「どうしたら、そんなになんでもできるの？」

偶《たま》に凡人が俺に訊《き》く。

その度に、俺は心の中で思う。

「できるまでやらないから凡人なんだろう」

当然、面と向かってそう言ったことはないが、それだけが紛《まぎ》れもない事実だ。

特別になろうとしない者が特別になれるわけがない。

《六月二十二日土曜日》

「残念だったね」

ガキがわざとらしく笑う。

今週末のクジはハズレだった。

人を殺したいわけではないが、確かに残念だ。

「それじゃ、また来週」

言葉だけ残してガキは消える。

大会の話を初めて聞いた時、それが俺の特別さを証明することになるだろうと思った。

自分の他に異能を持つ人間がいることは素直な驚きだったが、その中でも俺は特別な存在だと直《す》ぐに思った。

実際、初戦でサコが来たことは驚いたが、結果としてあいつは異能さえ発動できずに俺に負けた。

それは紛れもなく俺と俺の持つ異能が特別であることを証明していた。

他の異能者を倒せば倒すほど俺の特別さが証明されることになる。だからこそ、できるだけ試合には参加したい。

途中で止《や》めていたトレーニングを再開しながら、思った。

《六月二十五日火曜日》

土曜日に一体死体が出て、月曜日には大会のものだと思われる死体が一体出た。

これまでに計四人の人間がこの街で死んだことになる。

大会の存在を知っている俺でさえ、土曜日の方の死体に関しては理由がわからず少し落ち着かない気分になる。

そうじゃない周りは一層落ち着かないらしく、今日ついに放課後の部活が全面停止となった。

部活がなくなった分トレーニングの時間を増やせるのは有り難《がた》い。

なにより、部活終わりを待つ女子たちがいないのは大きい。

ホームルーム終了と同時に俺は足早に教室をあとにし、部室でトレーニングウェアに着替えた。

もちろん、女子たちに捕まらない為《ため》だ。

正門から出れば、女子に捕まる可能性があるので裏門から出る。

滅多《めった》に使われることのない裏門は流石《さすが》の女子たちもノーマークだったのかスムーズに外に出ることができた。

久しぶりにこの時間にランニングができる。

奴《やつ》らを完全にまくためにいつもと違う道を通ることにしよう。

先週十分走れなかった分遠くまで行くのも悪くない。そうなると、帰宅後の勉強時間を調整しないといけないが、走りながらそこについては考えることにしよう。

風を切る音、息の音、アスファルトを跳ねる靴音。それだけが響いていた。

いい時間だ。

いつもならまとわりつく湿気も、走っている俺には追いつけない。

走り続けて、随分と遠くまで来ていた。

周囲の景色が見覚えのないものになっている。

走ってきた道は覚えているから迷うことはないだろうが、ここら辺まで来たことはない。

民家が次第に少なくなり、開けた畑が多くなる。

視界の先に、それほど大きくないグラウンドが見えた。

塀に運動公園と書かれたそこに足を踏み入れると、中には誰もおらず、ある程度整備されているらしい芝生が広がっていた。

ちょうどいい、ここでトレーニングをして帰ろう。

息を整えるために、一周グラウンドを歩いてからいつものトレーニングを始める。

六月も終わりが近づき、長くなった陽《ひ》はまだ暮れる気配はない。

十分にトレーニングをして、休憩がてら小さなコンクリート製の台に腰掛ける。おそらく申し訳程度の表彰台なのだろう。

じっとりとまとわりついた汗は湿度のせいでなかなか消えない。

ピ――――。

「うおっ」

いきなり真後ろから大きな音がして俺は飛び上がった。

「わっ」

俺の声に驚いたのか、後ろの方から声が返ってくる。

振り返ると、俺の真後ろに同い年ほどの女子が立っていた。見慣れない制服だが、恐らく高校生だろう。

「あっスミマセン、誰かいると思わなくって」

銀色に輝くフルートを胸の前で抱えた彼女は軽く頭を下げ、それにつられて長い黒髪が翻った。

「こちらこそ驚かせてすまない」

いや、なにかおかしい。

俺が気付かないのはまだしも、俺の後ろに立っていた相手が気付かないことなどあり得ない。

気の引き方としては杜撰《ずさん》すぎる。

こんな所まで来ても、奴《やつ》らからは逃げられないらしい。

相手が顔を上げるのを待って、冗談交じりにそれを突っ込もうかと思ったが、顔を上げた彼女を見てそれが間違いであると気付いた。

「君、もしかして目が？」

おとなしそうな印象を与える彼女の顔はすまなそうな表情を浮かべていたが、目は開いておらず、顔は微妙に俺の方を向いていない。

「はい」

「いつもここで練習を？」

よく見れば彼女の腕には白杖《はくじょう》がかけられていた。

「ええ滅多《めった》に人が来ませんので」

どうやら邪魔をしたのは俺の方だったらしい。

「それは本当に悪いことをした、もう俺は帰るから」

「あっ、いえ、構いませんよ、私の場所ではありませんし、えっと、少しうるさいかもしれませんが」

「いや、ちょうどトレーニングも終わって帰ろうと思ってたところだった」

「そうでしたか、あの、驚かせてしまって本当に申し訳ありませんでした」

「そんなに謝られるとこっちまで悪いことをした気になる」

「あっすみません」

「いや、いいよそれじゃ」

手を振って、それが彼女には見えていないことに気付いて一人で苦笑いした。

《六月二十六日水曜日》

今日も俺は走っていた。

風の音、息の音、アスファルトを跳ねる靴音。運動公園が近づき、そこにフルートの音が微《かす》かに交じって来る。

どうやら今日も彼女は来ているらしい。

運動公園に入ると、コンクリートの表彰台に立って彼女が演奏していた。

曲名はわからない。

今日も制服姿の彼女はフルートの上を走るように指を動かす。

他人が演奏する姿などまじまじと見たことはなかったが、とても美しく思えた。

表彰台の方へ近づくと、俺に気付いたのか彼女は演奏を止《や》めた。

「こんにちは」

「その声は、昨日の方ですね」

「今日は君の方が早かったみたいだな、ここでトレーニングしてもいいかな?」

「少しうるさいかもしれませんが」

「全然構わないよ、僕の場所じゃないからね」

どうやら冗談が通じたらしく、彼女は少し頬《ほお》を緩ませて笑った。

媚《こ》びるようじゃない、自然な表情にどこかホッとする。

フルートの音をバックサウンドにしてのトレーニングは新鮮だった。

一時間ほど集中して、トレーニングを終わらせ表彰台の方へと向かう。

彼女もちょうど練習が一段落したようで、座って水を飲んでいた。

足音で俺が近づいて来るのに気付いたのか、彼女はこちら側へと軽く向き直る。

「トレーニングが終わったからそろそろ失礼するよ」

「あっお疲れ様です、うるさくなかったですか?」

「全然、むしろ素敵な演奏でいつもより集中できたくらいだよ」

「ありがとうございます、お世辞でも嬉《うれ》しいです」

本心から嬉しそうに彼女は小さくはにかんだ。

「音楽は詳しくないけどお世辞じゃないって」

「そう、ですか?」

さらに嬉しそうに彼女は両手でフルートを握る。どこまでも自然な反応に先週から張り続けていた神経が緩むような気がした。

「曲って覚えてるのか?」

「ええ、演奏中に見ることはできませんから、暗譜してるんです」

「そうか、凄《すご》いな」

「普通ですよ」

誇張でもなく、それは彼女にとっての普通なのだろう。特別であることが俺の普通であるのと同じように。

「それでも凄《すご》いよ」

だからこそ自分にとっての普通を行うことの、それに必要な努力を俺は知っている。

「演奏するのが好きですから」

「だから、あんなに綺麗《きれい》な音になるんだな」

「そう聞こえたのなら嬉《うれ》しいです」

彼女は愛《いと》おしそうにフルートを撫《な》でた。

「君は、まだ帰らないのか？」

「はい、もう少し練習してから」

「そうか、気をつけて」

「あなたも」

《六月二十九日土曜日》
部活が週末だけになった影響で、身体を慣らすところから野球部の練習は始まった。
普段から自主トレをしていれば必要ない行程だが、時には凡人に合わせることも必要だ。
充実したとは言い難《がた》い練習は昼過ぎに終わり、部室を出ると案の定、白川希美《しらかわのぞみ》と栗田萌《くりたも》
愛《え》が待ち構えていた。
「ねえ、赤根《あかね》君、この後遊び行かない？」

「最近赤根君直《す》ぐ帰っちゃって、全然話できてないしさ」

何故《なぜ》俺が直ぐに学校を出るのかを全く理解できていない様子に、頭が痛くなる。

「殺人犯がいるかもしれないのに？」

「そしたら、赤根君が守ってくれるでしょ」

こんな不毛なやり取りを断ることができるなら、どれだけいいだろう。

しかしここで断れば流石《さすが》に心証が良くない。これも俺が特別であるために必要なことだと自分に言い聞かせた。

「ああ、守ってやるよ」

赤根凛空《りく》として生きるのは楽じゃない。


「なかなか、疲れた顔をしているね」

夜、ガキが今週もクジを引かせにやってきた。

「このくらいたいしたことじゃない」

白川希美と栗田萌愛との時間は不毛の一言で、表面上楽しげに振る舞ったが、あてのないウィンドウショッピングも、使うことのないプリクラも、何一つ建設的な言葉の出ないカフェも酷《ひど》く退屈だった。

「まぁ、君の事情などどうでもいいが、ほらクジ引きの時間だよ、残り十一人、十一分の二、まぁまぁな確率だな、今週は当たるといいね」

ガキが箱を取り出す。

異能者同士の戦いで、それを決めるのがこんな原始的なクジ引きってのはどうだろう。

俺の引いた紙には今週もなにも書かれてはいなかった。

「残念、また来週までお預けだね」

言うと同時にガキは消える。

外れクジに少しだけ安堵《あんど》している自分がいた。

少なくとも、来週の月曜日が俺に確実にやってくる。

白川希美《しらかわのぞみ》、栗田萌愛《くりたもえ》と過ごした不毛な時間に俺が考えていたのは名前も知らないフルートの女子のことで、俺が唯一赤根凛空《あかねりく》として振る舞わなくていい時間のことだった。

特別である自分を特別としない人間を求めている。我ながら都合がいい。

《七月一日月曜日》

六月が終わったが、月摘《るつみ》が学校に来る気配はなかった。一応、メールで連絡は取っているが反応は芳《かんば》しくない。

それほどまでに、彼女にとってサコの存在は大きかったのだろう。

彼女としてもサコのいない学校に来る意味はないと思っているのかもしれない。

俺にとっても今の学校はあまり居心地のいい場所ではないから、その気持ちもわかる。

友人を失った赤根凛空を励まそうと、節操のない女子たちはいよいよ教室でも俺を囲むようになってきていた。

サコのポジションをめぐる男子たちのささやかな争いも起こっている。

どちらも俺にとっては激しくどうでもよく、同時に不快だった。

学校が終わって、直《す》ぐに俺は逃げ出すようにランニングへ向かう。

いや、目的はランニングではなくその後なのかもしれない。

運動公園へとたどり着き、表彰台の方に近づくと彼女は演奏を止《や》めた。

「こんにちは」

彼女から先に声をかけられたのは初めてだ。

「俺が来るのがわかったのか？」

「足音でわかりますよ」

「俺の足音で？」

「人によって結構違うものですよ、体格とかもある程度わかったりしますし」

彼女は髪を揺らしながら、楽しげに話す。

目が見えない分、聴力が高くなるという話は聞いたことがあるが、そういう類いなのだろう。

「そうなのか、俺の体格を当てられるか？」

「声が上からですから背は高いですよね、歩幅は大きめでしっかりと地面を踏みしめる歩き方で、でも音は重くないので、身体を鍛えているけれど体重はそこまで重くないと思います、合ってますか？」

「本当は見えてるんじゃないかと思うくらい正解だ」

「見えてたら真後ろでフルートを鳴らしたりはしませんよ」

「それもそうだ」

「今日もトレーニングですか？」

「ああ、君も練習だろ？」

「はい」

「それじゃ、お互い頑張ろう」

こう、他愛《たわい》のない話をしていると改めてこの時間が俺にとって救いだとわかる。

互いに名前さえ知らない。いや、知らないからこそこの気楽な関係なのだろう。

先に俺のトレーニングが終わり、彼女の演奏が終わるのを待つ。

汗を流しながら、フルートを懸命に吹く彼女は自分ではその姿を見ることは叶《かな》わないだろうが、とても美しく尊いものに思えた。

「今日も素敵な演奏だったよ」

「ありがとうございます」

やはり嬉《うれ》しそうに彼女はフルートを握りしめる。

俺が毎回褒めるので、彼女は謙遜を止《や》めたらしい。

汗を拭って、腰を下ろした彼女の隣に俺も腰掛ける。

「あの、毎日トレーニングに来られていますけど、なにかスポーツを？」

水で喉を潤した彼女は俺の方向に軽く頭を向けて首を傾けた。

純粋な好奇心だと知っていても、俺はその質問が彼女から来ることを恐れていた。

「野球をやってるよ」

それは切っ掛けに過ぎないだろうが、そこから更に俺を知れば、やがて俺が赤根凛空《あかねりく》であることに気付く。

そうなればこの時間も終わるだろう。

「あっラジオでやってるのを聞いたことがありますよ、有名なスポーツなんですよね」

だが、彼女の返答は俺の想定していたものとは少し違っていた。

「もしかして、野球を知らないのか」

「スポーツには疎くて、すみません」

「いや、そうだよな、目が見えないと野球はわからないよな」

俺は胸をなで下ろす。失礼かもしれないが、彼女が盲目であることに感謝すらしていた。

彼女なら俺が赤根凛空であっても変わらずに振る舞ってくれるかもしれない。

「あっでも、野球する人もいますよ、健常者の方がするものと少し違うらしいですけど」

「目が見えないのに野球を？」

「はい、色々と工夫すればできるらしいですよ」

「それは凄《すご》いな」

「健常者の方が思うよりも私たちは自由ですから」

「そうだな、君の演奏が見事なのを棚に上げるところだった」

「もう、隙あらば褒めますね」

恥ずかしそうに彼女は頬《ほお》を膨らました。

「事実だから仕方ない、それじゃそろそろ帰るよ」

「はい、また明日」

「ああ、また明日」

《七月五日金曜日》

「なんでも願いが叶《かな》うとしたら、なにを願う？」

トレーニングを終えて、俺は彼女に訊《き》いた。

「どうしました、急に？」

彼女は少し困惑した表情を浮かべ、フルートを握る。

「例えばの話だよ、俺は空を飛んでみたいな」

冗談にしても上手《うま》くないと我ながら思う。俺は飛ぶ方じゃなくて飛ばす方だ。

「そう、ですね」

悩むように、彼女は自分の髪の毛を触った。

「目が見えるようになりたいとか？」

失礼なことは百も承知で言う。

彼女がそれを望めば、その結果俺が赤根凛空《あかねりく》だと知ることになってもそれを叶えたいと思った。

俺は自分の願いを彼女の為《ため》に使おうと決めた。もとより、俺に叶えたい願いなどなく、全てを自分の力で手に入れるつもりだったから構わない。

何故《なぜ》かは自分でもわからなかった。好意なのかもしれないが、生まれてこの方誰かを好きになったことはないから、これがそうなのかはわからない。

もしかしたら健常者からの憐憫《れんびん》なのではないかとすら疑う。仮にそうだったとしても彼女が喜んでくれるのならいいと思えた。

「目は見えたらいいとは思います」

たっぷりと悩んで彼女は口を開いた。

「でも、見えたらやりたいことのほうが本当に叶えたい願いなんだと思います」

「それは？」

「一度でいいのでオーケストラで演奏することです、指揮が見えないとオーケストラでの演奏は難しいですから」

「オーケストラか、いい願いだな」

「前例が全くないわけじゃないんですよ、指揮者の動きを伝える機械を使ってオーケストラで演奏した方もいるんです」

明るい顔で願いを語る彼女はとても素敵に見えた。それを伝えたら彼女は本気で恥ずかしがるだろうから言わなかったが。

そこから思いがけず話が弾んで、色々なことを話した。

彼女がフルートを吹き始めた理由、学校での生活、数学が苦手なこと、小説を読むのが好きなこと。

こんなに有意義な時間は生まれて初めてだと感じた。

目の見えない彼女の生きている世界を感じ、少しだけ俺の世界の話をして、小さな事で笑う。

永遠にこの時間が続けばいいと思ったが、時間はいつの間にか過ぎ、夏の長い陽《ひ》が遠くの山に姿を隠し始めていた。

「そろそろ帰るか、陽が暮れだした」

「みたいですね、こんなに人と話したのは久し振りかもしれません」

「夜道は流石《さすが》に危ないから送るよ」

「大丈夫ですよ、私に明るさはあんまり関係ありませんし」

「君を見る方に関係あるだろ」

「そう、ですか?」

「そうだ、ほら荷物渡して」

「あっありがとうございます」

運動公園から出て、いつもと逆方向に歩く。

ゆっくりな彼女の歩幅に合わせて、歩く夜道には虫の音と、彼女の白杖《はくじょう》の音と、俺たちの話し声がしていた。

「あっここが家です」

「はい、荷物」

「ありがとうございます、明日は土曜日ですからまた来週ですね」

「ああ、また来週」

彼女の振る手に、見えないだろうと知りながら俺も手を振り返した。

《七月七日日曜日》

二十一時四十九分。

俺は山頂にいた。山頂と言っても三十分もかからずに登ってしまえる低い山で、アスファルト道が通っていることもあり、夜道であっても苦労せずに登頂できる。

山頂にある駐車場は街灯でライトアップされており、この前の工場跡よりも随分明るい。

二週間ぶりに当たったクジは、それほど嬉《うれ》しくはなかった。

山頂に着いたときには既に対戦相手は俺を待ち構えており、その隣にはあのガキがいる。

「お前、もしかして赤根凛空《あかねりく》か？」

対戦相手が俺を見る。

その鋭い視線は、明らかに殺意を抱いていた。

歳《とし》はそれほど離れているように見えない、非常に体格のいい男だがこちらに見覚えはない。

なにより、今時剣道着を着て、腰に刀を提げた人間など一度見たら忘れないだろう。

「どこかで会ったかな？」

「有名だろお前」

「まぁそうだね」

目が見える人間ならこの街で俺のことを知らない方が不思議か。

「俺は轟《とどろき》巧《たくみ》だ、よろしく」

男は頭を下げる代わりに、刀に右手をかける。

その姿がなかなか様になっている。明らかに武道をしている人間だ。

「揃《そろ》ったようだし、始めてくれたまえ」

「そうだな」

だが、相手が知り合いじゃないのならやりやすい。

俺と相手の距離も充分に開いている。

刀だって届かないのなら意味はない。

短く息を吸って、吐き出す。相手の足下に風を起こし、そのまま一気に持ち上げた。

これで終わりだ。

一瞬、変な間が空いて吹き上がる風柱の隣で相手は袴《はかま》をなびかせていた。

なんで当たっていない？

風を止めて、息を吸う。

時間が隙間を空けたかのように、映画のフィルムの一コマを入れ忘れたかのように、不自然に相手が歩を進め俺との距離が詰まる。

なにが起こった？

刀の間合いを考えると次で決めないとヤバい。

確実に、相手をよく見て俺は息を吐いてその足元へ風を起こした。

捉えた。

確実に、そう思った。

しかし、今回もなぜか相手は俺の起こした風柱の隣に立っている。

「お前の異能は風か」

男が小さく呟《つぶや》き、頭の高さが変わらないまま滑るような進み方でさらに間合いを詰めて来る。

カチャ。

小さな音がして、流れるような踏み込みと同時に刀が抜かれた。

避《よ》ける。

太刀筋を見極め動こうとした途端、また、一コマ相手の動きが途切れて、その分刀が俺へと迫る。
なにが起こっている？
それを理解するより先に、声が出た。
「させるかっ！」
持ち上げられないなら、吹き飛ばして間合いを取るしかない。
息に合わせて風が起こる。
いや、相手の方が速い。
身を引くが、切っ先が俺に届き熱さと同時に腹を斬る。
次の瞬間ようやく吹いた風が、相手を駐車場の奥のフェンスまで吹き飛ばした。
脈打つように熱さに似た痛みを伝える腹部を見る。
服が綺麗《きれい》に切れて、血が滲《にじ》んでいるがどうやらそこまで傷は深くないようだ。
相手の異能はなんだ？
まるで時間を切り取られたような感覚。
時間を操ることのできる異能なのか？
そんな特別な異能だったら勝ち目はない。
弱気になる自分を、赤根凛空《あかねりく》が笑った。
お前は自分が特別であることを証明するためにこの戦いに臨んでいるんだろう。
そう、俺は特別な人間だ。

冷静になれ、時間を操れるような異能なら俺を斬るまで操ればいい。

それに風柱を起こした時に俺の異能が遅れた感じはしなかった。

相手が、一瞬の内に場所を移動したと言う方が近い。

正しくは、俺の見ている世界だけが一コマ切り抜かれたような感覚だ。

見ている世界が？

なにかが掴《つか》めたような気がした。

相手は立ち上がり、急ぐようでもなくゆっくりと近づいてくる。

あまりダメージを与えられてはいないらしい。

俺の考えが正しければ、次も相手は同じように避《よ》けようとする。

絶対に目を閉じないようにと意識をしながら、相手の足下に風を起こした。

案の定、時間は飛ばなかった。だが、微《かす》かに風を動かした瞬間に相手は俊敏にそれを避ける。素晴らしい反射神経だが、これで確信した。

まばたきだ。

「瞬時に強い風を起こすことはできないらしいな、先に空気が少し動く、一般人ならともかくそんな攻撃で俺を捕まえることはできないぞ」

俺の風柱を避けた相手は得意気《げ》に俺の異能を分析する。それは確かに弱点だろう。

彼のように鋭い反射神経を持つ人間は予兆を感じて動くことで避けられるらしい。

だが、俺もやられっぱなしではない。

「俺も君のタネがわかったよ、まばたきだ、その間に動くことで俺の感覚をずらしてるんだろ」

それなら、片目ずつ瞑《つぶ》ればいいだけだ。右目、左目と順にまばたきをする。少し不便だが、視界を閉ざさなければ怖くはない。

「見破るとは見事だが、それは技の一つに過ぎない」

俺を嘲笑《あざわら》うように、彼は歩みを進める。

「俺の異能はこっちだ」

また、世界が一コマ切り取られ、その分相手が近づく。

どうして、俺はまばたきをした?

相手が近づいてくる。

大丈夫だ、相手の異能がなんであれ持ち上げればそれで決着する。

俺は大きく息を吸った。

「息、か」

吐き出す直前、相手は見抜いたように言う。問題ない、それがわかったところでもう止められはしない。相手の足元に風を起こす。同時にその周りにも。

避けられるのなら避けられない範囲で風を起こせばいい。

扱う風の範囲が大きくなるほど吐き出す息の量は多くなる。

俺は大きく息を吐いた。

足下に動き出した風に相手は身体を動かして避《よ》けるが、その周りの風までは避けきれず身体が持ち上がる。

大きく息を吐き続けるのは疲れるが、日々ランニングで鍛えた肺活量のおかげで相手を上空まで運ぶくらいまでは余裕で持つ。

これで、俺の勝ちだ。

ッ。

風が止まった。

どうして、俺は息を吸っ、ヒック。

しゃっくり?

自分の意思に反しての呼吸に風が止まり、相手は落ちてくる。

なんなく着地を決めた相手にダメージは全くなさそうだ。

「しゃっくりか、不運だな」

笑いながら、相手は近づいてくる。

どうすればいい?

考えろ、俺は特別な人間だろう。しゃっくりなんかで負けるわけにはいかない。

しゃっくり、横隔膜痙攣《けいれん》、治す方法は息を止める、驚かせる、箸を十字にコップに渡して反対側から水を飲む。冗談じゃない、そんな暇がどこにある。

呼吸が管理できず、風が動かせない。

なんであのタイミングで俺は息を吸った？

考えても仕方ない、風が使えない以上肉弾戦でどうにかするしかない。

大丈夫だ、運動神経で誰かに負けたことは一度だってない。

間合いに入ったようで、相手が刀に手を添える。

来るっ！

今回、俺はまばたきをしなかった。

それなのに相手の動き始めが見えない。

自然すぎる動作で抜かれた刀は気付いたときには目の前に迫っていて、どうすることもできずに俺の腹を深く斬り裂いた。

単純に強すぎる。

熱さが通り過ぎた自分の腹から血があふれ出るのが見えた。

直《す》ぐに返す刃《やいば》が俺を袈裟《けさ》懸《が》けに斬る。

俺、死ぬのか。

血が大量に失われ、視界がかすみ、思考が鈍化していく。

もう一度、彼女に。

三章　月摘重護

Grab your desires with your own hands.

《六月十五日土曜日》

枕元でけたたましく鳴るケータイで俺は目を覚ました。

まったく、非番だってのに。

「はい、月摘《るつみ》」

「月摘先輩、死体が出ました」

朝から元気なタチバナが電話の向こうで大声を出している。雑音が入っているところをみると、現場からかけてきているらしい。

「事故？　他殺？　自殺？」

「わかんないっす」

「場所は？」

どうやら久し振りの休みは消えたらしい。

急いで準備をしていると、妹の知海《ちひろ》が眠そうに起きてきた。

まだ六時、土曜日の知海にしては珍しいがそういえばデートとか言ってたな。

「あれ、お兄ちゃん休みじゃなかった？」

「仕事が入った」

「そっか、行ってらっしゃい」

休みならそのデートとかいうのを尾行してやろうと思ってたのに残念だ。

野次馬《やじうま》をかき分け現場に到着すると、既に現場検証はそれなりに進んでいた。

「んでタチバナ、どういう案配だ」

現場検証をしている鑑識たちの中にひょろりと背の高い痩せぎすの男が交じっている。

俺の直属の部下、タチバナだ。

「あっ月摘先輩、おはようございます」

「ああ」

「被害者は持ち物から喜渡浩介《きどこうすけ》、四十五歳会社員、今検死に回してます」

「なるほど、後から見に行くか、身内には連絡取れたのか？」

「はい、確認はこれからですが」

初動としてはまずまずと言ったところだろう。

「そうか、んで、なんだこの状況？」

現場はよくある路地だったが、二台並んだ自動販売機の両方がめちゃくちゃに壊れ、辺りには歪《いびつ》にゆがんだ空き缶が無数に飛び散り、そこから出たジュースが作った跡がアスフアルトに残って、甘い匂いを周囲にまき散らしていた。

「えっと、なんでしょうね？」

「重機でも使わないとこんなに壊れないだろ」

「そういうのは見つかってないっすよ」

「また、アレか無差別破壊の」

「なんです、それ？」

タチバナが首を傾《かし》げた。

「この街で時々あるんだ、こういう感じに、ポストだとか街灯だとか、バイクだとかがぶっ壊される事件が、犯人はまだ捕まってない」

無差別破壊に関しては五、六年ほど前から定期的に起こっていたが、確かここ数ヶ月は発生していない。タチバナが知らないのも無理はないだろう。

「じゃあ、その犯人が？」

「もしくは仏さんがその犯人か、だな」

なんにせよ、人殺しなんて滅多《めった》に起こらないこの街で、面倒な事件が起こっちまったもんだ。


「お疲れ様、月摘《るつみ》君」

エタノールの独特なにおいが立ちこめる検死室は何度訪れても好きにはなれない。

「お疲れ様です、藤川《ふじかわ》さん」

手術衣を着け、顔の殆《ほとん》どをマスクで覆い、白髪を手術帽で隠した彼はそれでも覗《のぞ》く目だけで老獪《ろうかい》さを感じさせる。

「どうです、死因はわかりました？」

「ああ、わかったとも、よくわからないということがね」

「はい？」

「いや、長く検死をしているが、こんな仏さんは初めて見る、死因がそのまま何故《なぜ》生命活動を失ったのかという問いなら、この遺体の場合は、内臓の多数損壊だ、胃も腸も肺もなにもかもグチャグチャだった、まぁ心臓も弾《はじ》けていたから、それが一番の死んだ要因だろうな」

藤川さんは手術台に寝かせられた遺体へと近づく。小太りのおおよそ平均的な中年男性といえる遺体は既に縫合が済んだ状態で綺麗《きれい》なものだ。

「だが、まぁ見ての通り外傷は全くない、あんなに内臓が破損する怪我《けが》っていうのは、大抵トラックにひかれたとか、電車に飛び込んだとか、そういう強い衝撃を受けた場合になるわけだが、そうなるとガワが無傷ってわけにはいかん」

「ですね」

「んなわけで、死因不明だ」

「薬物とかは？」

「今のところめぼしいものは出てないな」

「そうですか」

益々《ますます》面倒なにおいがしてきた。


検死室を出て昼過ぎ、タチバナを連れ立って再び現場へと戻る。

規制線の張られた現場には流石《さすが》にもう野次馬《やじうま》はいなくなっていたが、まだ鑑識は仕事を続けていた。

「しっかし、なんでこんなに壊したんでしょうね？」

そういうタチバナはケータイを片手に持っている。その画面には恐らくソーシャルゲームのものだろうと思われる画面が表示されていた。

「現場では閉じとけ」

まったく、最近の若い奴《やつ》は。そう考えかけて、その台詞《せりふ》が似合うほど俺は歳《とし》じゃないと首を振る。

「あっ、すみません」

「お前はなんでだと思う？」

「えっ、さぁ、むしゃくしゃしてたとかじゃないっすか？」

何も考えていないようにタチバナが即答した。

それでもわかりませんと言われるよりはまだマシだ。

「そんな理由だけでここまで壊さないだろう、相当な力と時間が必要だぞ」

俺だって答えを知っているわけではないが、突発的にここまでの破壊を行うようには思えない。

「んじゃ、月摘《るつみ》先輩はなんでだと思います？」

「証拠隠滅だな」

「証拠っすか、もしかして自販機が凶器とか言いませんよね？」

「言わないが、その中に入ってた物が凶器になり得る」

「中ってジュースっすか？」

「ああ、薬物は発見されていないが、それが揮発性の高い物質や酸素によって分解されやすい物質なら、遺体から消えてる可能性がある」

俺が言いたいことを理解したらしい、タチバナは閃《ひらめ》いたような顔をする。少し抜けているが、バカではないらしい。

「それが自販機の中のジュースに入ってて、他のジュースに入ってる分も消すために、こんなにぶちまけたってことっすか？」

「ただの推測だがな」

「それじゃ、自販機に補充してた会社を当たりますか？」

「ああ、その後で被害者家族にも聴取に行くぞ」

「はい」

少なくとも、今日は家に帰れそうにない。

《六月十六日日曜日》

コンビニの駐車場で少し早い昼食と遅すぎる朝食を兼ねた食事の最中、ケータイにかかってきた電話には公衆電話からと表示されていた。

今時公衆電話を使う人間がどれほどいるだろう?

「はい、月摘《るつみ》」

「重護《じゆうご》元気ぃ?」

出ると、聞き慣れた女性の声がする。

「上入佐《かみいりさ》か」

「昔みたいに紗那《さな》って呼んでよ」

電話の相手は上入佐《かみいりさ》紗那、家が近いこともあって幼い頃からの知人、まぁ幼なじみってやつだ。

「なんで公衆電話から」

「宗教上の理由」

「金がないのか、相変わらず貧乏学生してるな」

紗那がケータイを持っていなかったことを思い出す。

「時間ないから手短に話すけど、捜査に協力するよ」

「ダメだ捜査関係者以外に情報を漏らすわけにはいかないからな、切るぞ」

「あっ」

一方的に電話を切って、食べかけのパンに齧《かじ》り付く。

あいつは昔から変わったやつだった。サイコメトリーとかって、死んだ人間の遺志が見えると言い張っていた。相変わらずらしい。

その力を信じていないと言えば嘘《うそ》になるが、それが捜査で証拠になるわけでもない。

「誰からっすか？」

助手席で同じ種類のパンを囓っているタチバナが俺に顔を向けた。

その間にも左手はケータイをいじっているから、最近話題の依存症というやつだろう。

「知り合いだ、お前はまたソシャゲか？」

「休憩中だからいいっすよね？」

「悪いとは言ってない、なにをしてるのか気になっただけだ」

「ガチャ引いてるんっすよ」

「ああ、なんかテレビで言ってたな、そういうのに大金つぎ込む奴《やつ》がいるんだろ」

「月摘先輩はこういうのしないっすよね」

「なにが面白いかわからないからな」

時間がない、というのも一つの理由だが、さらに正確に言うと、そんなことをしている暇があるなら知海《ちひろ》に構ってやりたい。これが一番の理由かもしれない。

「まぁ俺もゲーム自体はそこまでっすね、ガチャ引くのが楽しくてやってるのが大半です」

「つぎ込んでんのか？」

「まぁまぁっすよ、最高レア引けた時の快感が堪《たま》んないっすよね」

俺にはよくわからない世界があるらしい。

「ほどほどにしておけよ」

「あっ！」

言ってる側からタチバナはケータイの画面に注視した。

「ほら、見てくださいよ月摘《るつみ》先輩URっすよ」

なにやら当たったようで、画面を俺へと向けてくる。やたら露出度の高い服装の女の子のキャラクターが画面の中央で虹色の光を纏《まと》っている。

キャラクターの下には八百比丘尼《やおびくに》とこれまた虹色の丸っこい文字で書かれていた。

「それは当たりなのか？」

「当たりっすね、限定ピックの目玉枠っすよ」

そう説明されてもよくわからないが、タチバナが仕事では一度も見せたことのないほどハイテンションなのは確かだ。

「八百比丘尼がこんなにかわいらしくねぇ」

「先輩知ってるんっすね」

「あれだろ、人魚食って不老不死になったたって伝説の」

「正確には不老不死じゃなくて八百年くらい生きたって話っすね」

「八百年か、そんなに生きたら大変だろうな」

「そうっすかね、たった八百年じゃないっすか、実際生きてみるときっと一瞬っすよ」

「こちとら二十数年生きるのでも大変だがな」

パンの最後の一口をアイスコーヒーで流し込んで、ハンドルを握る。

「それじゃ仕事に行くぞ、ケータイは閉じとけよ」

「はーい」

これから向かうのは被害者の自宅。また苦い顔をされながら任意事情聴取をお願いしなければならない。まったく、本当に大変だ。

《六月十七日月曜日》

仮眠室で寝ていた俺をタチバナがたたき起こした。

時刻は午前四時十六分。

まったく、勘弁してくれ。

「どうした？」

「月摘《るつみ》先輩、死体っす」

「現場は？」

もう二日家に帰っていないが、どうやら今日も帰れそうにないと腹を括《くく》った。

「こりゃ酷《ひど》いな」

現場に到着すると、まだ現場検証などは始まっておらず、通りかかる野次馬《やじうま》をブルーシートで遮っているところだった。

ぱっと見、高校生くらいの遺体は損壊が激しい。

現場は工場跡地であり、劣化した鉄製バリケードに囲まれてはいるが多くが壊れ、道から中が容易に覗《のぞ》ける。

「身元は？」

先に到着していた同僚に訊《き》く。

「一応、持ち物から目星はついてますけど、確認はまだです」

どうやら、またあのエタノールのにおいを嗅ぐことになりそうだ。

遺体の身元は大迫祐樹《おおさこゆうき》、高校二年生。奇《く》しくも妹の知海《ちひろ》と同じ高校の生徒だった。

「今回のはわかりやすかったぞ」

藤川《ふじかわ》さんはマスクを下げ、口の端をつり上げる。

「それは良かったです、死因は？」

「墜落死だな、少なくとも五十メートル以上だろう」

ていた。

「やっぱりですか」

墜落死体は何体か見たことがある。死体を見た瞬間からある程度そうだろうと予測はしていた。

「浮かない顔だな」

「死因がわかったことはいいことだと思いますよ。彼が死んでた場所の周りに高い建物が一軒もないってこと以外は」

「ふむ、だが彼は間違いなく高所から落ちて死んでいるよ」

検死室を出て、外で待っていたタチバナと合流する。

「タチバナ、昨日の夜現場付近を飛んだ飛行機がないか調べるぞ」

「飛行機っすか？」

「ああ、他にはヘリコプターでも気球でもハングライダーでもなんでもいい、とにかく飛ぶやつだ」

そこまで俺が言ってようやくタチバナは意図がわかったように手を打つ。

「あーなるほど、建物がないから乗り物から落ちたって線を考えたわけっすね、流石《さすが》です月摘《るつみ》先輩」

「お世辞はいいから、急いでやらないと今日も帰れないぞ」

自分で言ってて悲しくなる。

両親が死んでもう長い。金を稼ぐために高卒で警察学校に入って警察官となり、そこから歳《とし》の離れた妹と二人なんとか生きてきた。いつの間にか、知海《ちひろ》は家事が得意になっていたし、俺が家を空けることに文句も言わなくなった。

　まったく、難儀な仕事だ。

《六月十八日火曜日》

「やっぱりないっすよ、月摘先輩」

　へなへなとタチバナが机に突っ伏した。

　昨日、検死が終わってから二十六時間が経過していた。その間に地域の航空会社や、空を飛ぶ可能性のあるなにかしら、近隣のビルまで調べたが有力な情報は何一つ得られていない。

　他の刑事が行った調査でも事件が大きく進展するような情報はない。

　移動方法は現場付近で発見された彼の自転車で、そのカゴの中には同じく彼の物だと思われる鞄《かばん》があった。同様に彼の指紋が付着した包丁と小型のポケットナイフも現場で発見されたが使用した痕跡はなく、用途も不明。

　現場では彼のもの以外の足跡が一つ発見されたが、誰のものかはまだ特定されていない。

　そもそも、彼がどうしてあの場所に居たのかも不明だった。

「そうだな少し休め、俺も少し休む」

　そうは言ったものの、仮眠室で寝る気にもなれず窓を開けて空気を吸う。

外傷がないのに内臓が破壊された遺体と、落ちる要素がないのに高所から墜落した遺体。

どう考えても「普通」じゃない。

普通じゃない、か。

昔から色々と普通じゃないことに縁がある。

彼女の力を借りる他ないらしい。

「少し出てくる」

この時間なら大学の講義も終わって家に帰っているだろう。

「さて、重護《じゅうご》刑事、現場はどこですかな?」

助手席に座った紗那《さな》は、開けた窓に赤っぽい髪を揺らしながら上機嫌だった。

夏っぽい白いワンピースに黄金色に焼けた肌がスーツ姿の俺とはかなりミスマッチに見える。

「薄給だから謝礼には期待するなよ」

「刑事殿がなにを言いますやら、でも本当に難航してるみたいね、やつれてるよ」

「ここのところ寝不足だからな、お前はやけに日焼けしてるな」

「ちょっと三日前まで砂漠に行ってたから」

「海外か?」

そう言えば、高校の頃からこいつは色々と放浪する癖があった。

その頃は国内をうろうろしていたくらいだったが、随分足が延びたらしい。

「うん、発掘してる知り合いが面白いもの見付けたって言うから行ってきた」

少し会わない間に随分とワールドワイドになったものだ。

「まるで某考古学者だな」

「流石《さすが》に盗んだりはしないって、考古学にもあんまり興味ないし」

紗那は笑いながら否定する。

まぁ幼馴染《おさななじ》みにトレジャーハンターになられても困る。

「私が興味あるのは呪術具だよ、今回のは遺跡の祭場で見つかった短刀だったんだけどね、ただの骨董品《こっとうひん》だった」

いや、呪術具ハンターになられたほうが圧倒的に困る気がする。

普通ならこんな人間をたとえ幼馴染みでも信用し、あまつさえ現場を見せたりはしないのだが、それでも俺が彼女を頼ったのは両親が死んだ時のことがあったからだ。

両親は自動車事故で死んだ。

突然の親の死は高校生だった俺には衝撃的だった。酷《ひど》く取り乱し、落ち込む俺を放《ほう》っておけなかったのだろう。紗那はサイコメトリーを行って両親の霊からの言葉を俺に伝えた。

言葉には両親と俺しか知り得ないようなことも含まれていたが、あの頃の俺からすれば言葉が真実だったのかどうかはあまり重要ではなく、知海《ちひろ》の存在に気付かせてくれたことの方が重要だった。

思い出に浸っている間に、通称、綺麗《きれい》な死体事件の方の現場に到着する。

「ここだ」

既に自動販売機は撤去され、飛び散った空き缶も片付けられて、なんてことない普通の通りに戻っていた。

「ちょっと待ってね」

紗那《さな》はワンピースが汚れることも厭《いと》わずに、アスファルトへと腰を下ろして目を瞑《つぶ》った。

そのまましばらく、紗那は目を瞑ったまま静かに息をする。俺の両親の時と同じだ。

「んー、時間が経《た》ちすぎててあんまり残ってないね、どっちの感情もそこまで強くないってのもあるけど、なんとか読み取れた言葉はダブルダレって感じかな」

「ダブルダレ？」

「ほら、ビックリマークとクエスチョンマークを合わせたやつあるでしょ」

「ああ、あれか、それってどういう意味だ」

「驚いたんじゃない？　少なくとも被害者の方は相当驚いてたと思うよ、もう一人も少しびっくりしてたんじゃないかな」

「二人いたのか」

「はっきり見えたわけじゃないけど、二人は確実に居たかな」

紗那は立ち上がって首をすくめる。

あの死体からは、薬物反応は何一つ見つかっていない。

他の場所から運ばれた形跡もなかった。

そうなると、はやりこの場で殺害されたという可能性が高くなる。

「殺害方法はわからないか？」

「凶器とかを示すイメージはないかな」

「そうか」

殺害方法だけでもわかればと思ったが、難しそうだ。

「次の現場も行くか？」

「もちろん」


「うわぁ、こういうのあると事件現場っぽいよね」

陽《ひ》が暮れ、既に人は引き上げた後だったがまだブルーシートが周りに張られた現場に紗那は少しテンションを上げる。

「本当に事件現場なんだよ」

大迫祐樹《おおさこゆうき》が倒れていた場所にはまだ血痕が残っている。遺留物はそれなりにあるが争った形跡は発見されていない。調べれば調べるほど謎が多くなる現場だ。

「それじゃ見るね」

紗那がコンクリートへと腰掛け、目を瞑る。

「んー」

今度は唸《うな》りながら、彼女の表情が少し険しくなった。

しばらくして、目を開いた紗那《さな》は首を傾《かし》げる。

「なんか変」

「変な事件だってのはわかってる」

「そうじゃなくて、念がなんか変なの、殺した方の殺意の雰囲気は残ってる、でも殺された方はそんなに感じない、そうじゃない力も感じるし、なんか変、言葉もないし」

「他殺ってことか」

「少なくとも事故じゃないと思うけど」

「それで、言葉ってのは」

「死んだ人の念って割と残ってて、強かったら会話できちゃうくらいのこともあるんだよね、ほらあの時みたいに」

紗那が少し目を伏せる。

彼女が言っているのは俺の両親のことだ。確かに、あの時俺は紗那を通じて両親と話した。少なくともあの時はそう思った。

「それが今回はないってことか」

「死ぬことを割り切ったのか、成仏しちゃったのかわからないけど、殆《ほとん》ど感じないかな」

「つまり手がかりなしってことか」

「あんま役にたたなくってごめん」

「いや、協力感謝する、少なくとも二件とも他殺である可能性が高くなったしな」

「報酬は夕食でいいよ」

　捜査は殆ど進展しなかったが、紗那の笑顔に少しだけ気力が戻った気がした。

《七月八日月曜日》

「マジで今週はないといいですね」

　眠そうな目をこすりタチバナが大きなあくびをした。いつもなら注意をするが、このところのハードワークを考えれば仕方ないだろう。

「ああ」

　綺麗《きれい》な死体事件から後、毎週なにかしらの死体が上がっていた。特に月曜日はあれから皆勤賞だ。こんなに嬉《うれ》しくない皆勤賞も珍しい。

「えっと、今何体でしたっけ？」

「五体だ、最初のと同じ綺麗な死体がもう一体、墜落死が一体、心臓麻痺《まひ》が一体、圧死体が一体だろ、覚えておけ」

「そうでしたそうでした、いやぁこれだけ続くと忘れちゃいますね」

「忘れられるか、その全てに遺族がいて、悲しんでいる人がいる、なんとしても犯人を見つけるぞ」

「犯人って言ったって、同一犯かどうかもわからないんですし」

「わからなくてもだ」

正直なところ、捜査はかなり難航していた。

死体はどれも不自然な部分があり、証拠らしい証拠もない。紗那《さな》に現場を見て貰《もら》ってもいたが犯人に繋《つな》がるようなものは見つかっていなかった。

辛《かろ》うじて、全て他殺である可能性が高いという程度の情報だけ。

ただでさえ、頭を抱えたくなるような状況で俺のケータイが鳴った。

「はい、月摘《るつみ》」

電話の内容は月曜日の皆勤賞が更新されたという報《しら》せだった。


「こんな山の上でなにしてたんっすかね？」

山頂の空気を吸うようにタチバナが大きく伸びをする。

市内に存在するこの山はそこまでの標高ではない。下よりは空気が澄んでいるような気もするが、清々《すがすが》しい気分とはほど遠い。

「さぁな、決闘でもしてたんじゃないか」

遺体は赤根凛空《あかねりく》、高校二年生。そして、また知海《ちひろ》と同じ高校の生徒だった。

「決闘ですか、確かにそれっぽい死体でしたね」

「適当に言っただけだ真に受けるなよ、山頂で決闘なんていつの時代だよ」

赤根凛空の死体は胸部から腹部にかけての切り傷と腹部を真横に裂く切り傷の二つが大

きな外傷として残っており、それが死因とされた。

検死を行った藤川《ふじかわ》さん曰《いわ》く、刃物を扱い慣れている者の犯行である可能性が高いとのことだった。

「にしても、今回の現場も面白いっすよね」

現場は山頂にある駐車場。むしろ、それなりの広さがあるこの駐車場以外なにもないような場所だ。

「面白いってお前な」

周囲を網目状のフェンスで囲まれ、その一部が人がぶつかったように変形している。

「あれって、争った形跡ってやつですかね？」

タチバナがその変形したフェンスを指さした。

「仮にそうだとしたら余程暴れたんだろうな、端から端だぞ」

遺体が発見された場所の丁度真向かいにそのフェンスは存在し、そこから衣類と思われる繊維が微量見つかっている。赤根凛空の遺体からはフェンスにぶつかったような痕跡はないことから、犯人のものである可能性も視野に捜査が行われている。

死因も明白で、もしかするとここから一気に事件解決に繋《つな》がるかもしれない。

「冗談はさておき、鑑識の結果が出るまで取り敢《あ》えず赤根凛空の周辺調査だ」

《七月九日火曜日》

これまでの事件の資料をまとめているとケータイが鳴った。

徹夜明けの頭に響く。

よく鳴る俺のケータイだが、公衆電話からかけてくるような人間は一人だけだ。

「どうした、紗那《さな》」

「あっ重護《じゅうご》、また死体出たでしょ」

「ニュースで見たか」

テレビに疎い俺は知らなかったが赤根凛空《あかねりく》という人間は割と有名な学生だったらしく、他の死体よりも大きな取り上げられ方をされていた。

とは言え、連続殺人となってから次第に取り上げられ方は大きくなっていたので妥当でもある。

「今日ちょっとバイトが入ってて、一日中占いビルにいるから迎えに来て」

どうやら紗那は見る前提らしい。

まぁ、これまでの事件全て見てもらっているからいまさら確認も必要ないと思っているのだろう。

「平日だろ、講義はどうした」

「あっ、お金切れるから切るね」

まったく、気楽な大学生だ。

調査の結果、赤根凛空はなかなかに人に好かれていたらしいことがわかった。

そして、以前発見された大迫祐樹《おおさこゆうき》と友好関係であったことも。

これまで五里霧中であった事件が僅かに形を持ち始めているような気がする。

「タチバナ、今日はいったんここまでにするぞ、最近まともに休んでないだろ、今日の夜はゆっくりしろ」

「いいんですか？」

「俺らが倒れるわけにはいかんだろ」

「了解っす」

署を出て、紗那の元に向かう。

ここで紗那から有力な情報が得られれば、それを元に犯人に近づけるかもしれない。

占いビルとは通称で、駅前にある雑居ビルの一つだ。その名の通り占いの店舗が多く入っていることからそう呼ばれている。

それにしても占いか、あいつらしいと言えばそうだが、変なバイトをしているらしい。

俺の生まれる前からあるらしいビルはすすけた外観も相まって、なかなか雰囲気がある。

しかし、あいつどの店か言っていない。

「上入佐《かみいりさ》って名前のやつがいると思うんだが、どこかわかるか？」

適当に見かけた関係者らしい中年の女性に声をかける。

じっと、俺の顔を見た女性はしたり顔で笑った。

「あぁ紗那《さな》ちゃんね、こっちよ」

女性はいかにもな黒い衣装をはためかせながら、テナントの一つへと足を進める。

「紗那ちゃん、彼氏さんよ」

非常に不本意な紹介だ。

お香かなにか、独特なにおいのする店内は間接照明で薄暗い。

「いらっしゃい重護《じゅうご》、みてあげよっか？　安くするよ」

紗那も女性とお揃《そろ》いの黒い衣装を纏《まと》っていた。いつもは白系の服を着ることが多い彼女からすると珍しい格好《かっこう》に思える。

「馬子にも衣装だな、それっぽく見える」

「そこは素直に似合ってるって言えばいいのに」

頬《ほお》を軽く膨らませ、紗那は立ち上がった。

「それじゃ、おばさん今日は帰るね」

「はぁい、またね」

女性は手を挙げて、ゆったりと振る。なんとも占い師のイメージにあった人物だった。

「着替えるからちょっと待ってて」

紗那は別室にある更衣室の前まで来て、扉を開ける。

「ああ」

「見たいなら、見てもいいけど？」

「バカ、早く着替えろ」

「はーい」

　数分で着替え終わって出てきた紗那はいつも通りの白いワンピースだった。見慣れた姿の方が安心する。


「占いなんかできたのか？」

　助手席で紗那は窓を開けた。ぬるい空気が流れ込んでくる。そう言えば紗那は昔からカークーラーが嫌いだったと思い出した。

　仕方がないので、クーラーを切って俺も窓を開ける。

「ちょっとね、それに卒論のテーマにしようと思ってるから」

「占いが卒論になるのか」

「究極的には統計学だし一応民俗学の一部だもん、あとたまぁに憑《つ》いてる人とか来るし」

「怖い話をするにはまだ陽《ひ》が落ちきってないぞ」

「そういうのじゃなくて想《おも》いの断片みたいなの、だから私の占い結構当たるって評判なんだよね」

「想いの断片ねぇ」

「あっ信じてないでしょ」

「半分くらいはな」

無駄話をしながら車を走らせ、やがて現場の山頂へとたどり着いた。

「うーん、山頂でもやっぱり暑いね」

「この程度の高さだとな」

紗那《さな》は殺風景な駐車場を見渡し、赤根凛空《あかねりく》の死体が発見された場所へと歩く。アスファルトに染みこんだ血は黒くなっていた。

空の向こうに黒い雲が育っていて、太陽を隠していた。この調子だと夜には雨になるだろう。

「それじゃ、見るね」

いつも通りに紗那は腰を下ろして目を閉じ、しばらくして開く。

「ここで死んだのって一人なんだよね？」

「少なくとも見つかったのは赤根凛空の死体だけだな」

「うーん、なんかうっすらもう一人のなにかを感じる気がするんだよね」

「犯人のものか？」

「ううん、被害者の方、なんだろ上手《うま》く言えないけど、怨念とかそういう感じ」

運転中からすると、随分陽《ひ》が落ちてきて怖い話に適切な時間が近づいて来ている。

「さっき言ってたやつか」

「んー、近いっちゃ近い」

「歯切れが悪いな」

「微妙に違うんだよね、憑《つ》かれた方が死んでるからかもしれないけど」

「怨念に殺されたとか、言わないでくれよ」

そんなことを言われたら警察じゃどうやっても手が出せない。

「いや、殺した人はちゃんといるよ、強めの殺意も感じるし」

「そりゃよかった、つまり、加害者側が一人、被害者側は赤根凛空以外にもう一人感じるってことだな」

「そゆこと、あと他の変死体と一緒で変な力みたいなのも感じる、どう関係してるのかはわかんないけど」

「力ねぇ」

紗那が今までその力の存在について言及したのは墜落死、心臓麻痺《まひ》、圧死、そして今回の刺殺。どれも確かに奇妙な事件ではある。

その力がどんなものなのか俺には検討もつかないが、この事件に関連していることは確からしい。

「今回もあんまりわかんなかったね」

「時間が経《た》ってなければもっとわかるか？」

「たぶん」

紗那は頷《うなず》くが、部外者を捜査中の現場に連れてくることは無理だろう。特にサイコメトリーなんて、日本じゃ証拠にもならない。

「さて、帰るか」

紗那《さな》に手を差し出し立たせる。

「そうだね、それじゃ夕食お願いします」

「悪い、今日は流石《さすが》に家に帰ろうと思う、もう随分知海《ちひろ》と顔を合わせてないからな」

「それなら私も」

「そんなに飢えてるのか？」

「知海ちゃんと随分会ってないし、それに死んだ子、また知海ちゃんと同じ学校なんでしょ、学年も同じだし」

「ああ、クラスも同じだった」

「じゃあ、尚更《なおさら》私がいた方がいいと思うけど？」

確かに、大迫祐樹《おおさこゆうき》が死んだ時、知海は酷《ひど》く落ち込んでいた。本来なら兄である俺が励まさないといけないだろうが、それすらできないでいる。

「そうかもな」

「知海ちゃん、久し振り！」

「あれ、紗那さん？」

家に着くなり、紗那は俺を置き去りにして紗那の元へと向かう。

「偶々《たまたま》一緒になってな、久し振りに夕食でもって話になったんだ」

「そうだったんだ、一年振りくらいだよね？」

知海は明るく振る舞ってはいたが、やはりどこか落ち込んでいるようだった。学校もこのところ休んでいるらしい。

「なに食べる？　手伝うよ」

そんな知海を気遣うように紗那は明るく振る舞う。

協力して料理を始める二人の背中を見ながら、自分の刑事という仕事を少しだけ恨んだ。

大迫祐樹、赤根凛空《あかねりく》、双方の身辺調査の中で共に仲の良かった共通の友人として知海の名前が挙がっていた。

知海が事件に関《かか》わっているとは全く思っていないが、少しでも事件に関係があれば肉親であってもそういう目で見なければならない。

しばらくして、台所の方からカレーの匂いが漂ってきた。

「重護《じゅうご》、できたよ」

「お兄ちゃん運んで」

知海と紗那に呼ばれ台所へと向かう。少しだけ知海は元気になったように見えた。

「こうやって、三人で食べるのって本当に久し振りだね」

居間の丸テーブルに向き合うように座る。

「だな、俺が高校の頃以来か」

あの頃はよく、こうして三人で食卓を囲んでいた。俺の両親が死んで間もない頃で、紗《さ》那《な》なりに気を遣っていたのかもしれない。彼女の両親も家を空けることが多かったからなおさら都合が良かったのだろう。

「呼んでくれたらいつでも来たのに」

「お前は夕食が目当てなだけだろ」

「そうだけど、重護《じゅうご》目当てのほうが良かった？」

「バカ言うな」

「紗那さんとお兄ちゃんは相変わらずだね」

俺たちの会話を聞いていた知海《ちひろ》が小さく笑った。

少しだけ元気になってくれたようで、嬉《うれ》しい。

「それじゃ、食べようか」

全員で、いただきますを言って俺としても非常に久し振りの温かい夕食が始まった。

中辛のカレーは俺としてはちょうどよかったが、知海には少し辛すぎたようで生卵を入れている。

「まだ、お子様舌だな」

「卵入れて食べるのが好きなの」

ルーに卵を混ぜながら、知海がふてくされたように頰《ほお》を膨らます。

「知海は相変わらず可愛《かわい》いな」

本当に、自分の妹ながら知海は可愛い。

「お兄ちゃんに褒められてもあんまり嬉しくない」

こうやってまともに話すのは二週間振りだが、これだけで仕事を頑張れる気になる。

少し食べ進めたところで、明らかに大きすぎる人参《にんじん》が顔をだした。

「これ切ったの紗那だろ」

「食べ応えあるでしょ」

「口に入んねぇよ」

「昔、キャンプしたときも紗那さんの切ったの大きかったよね」

「俺が中学生の頃だよな、あの頃から成長してないのかよ」

「個性だから、成長とかないの」

三人の食事は思いがけず思い出話に花が咲き、知海も楽しそうにしていて紗那がいてくれたことを感謝する。

食事が終わって、特にすることのない穏やかな時間が始まる。テレビではバラエティ番組が流れていた。

「そう言えば」

ずっと切り出そうか悩んでいた話題を俺は口にした。

これを言えばこの穏やかな時間は終わりを告げるだろう。

「赤根凛空《あかねりく》と面識があったんだよな」

知海《ちひろ》は少し驚いたような顔をした後に頷《うなず》いた。

「お前も一応被害者の知人だから、少しだけ話を聞きたい」

「重護《じゅうご》」

紗那《さな》が珍しく厳しめの声を出して、俺を止めようとする。

「大丈夫だよ、紗那さん」

そんな紗那をさらに知海が止めた。その表情はあまり大丈夫とは言えそうにない沈痛なものだった。

「祐樹《ゆうき》君と凛空《りく》君は友達だったよ」

「二人に恨みを抱いていたような人物はいないか？」

「いないと思う」

「二人になにか変わった様子はなかったか？」

「うん」

「二人がそれぞれの死亡場所に行った原因などに心当たりはないか？」

「ない、と思う」

涙こそ流さなかったが、知海の表情は暗くよどんでいた。

「そうか、辛《つら》いことを聞いてごめんな、お前特に仲がよかったんだろ、本当は俺が側にいてやらないといけないのにな」

「仕方ないよ、お兄ちゃんは刑事なんだから」

「ごめんな、学校は気にするな、落ち着くまで休んでていいからな」

「うん」

「遅れた勉強は紗那が教えてくれるだろ」

雰囲気を変えようと紗那へと話を振る。

「えっ私？　ま、まぁ現役大学生だしねぇ、よゆーかな」

俺の意図を汲《く》み取ったのか、紗那は敢《あ》えて明るく振る舞ってくれた。

「すまん、あんまり期待しない方がいいかもしれん」

「うん、その時は先生に訊《き》くから」

ほんの少しだけ表情を明るくする知海の手に紗那が両手を被《かぶ》せる。

「大丈夫だよ、知海ちゃん、あなたには想《おも》いの断片が付いてるから」

「想いの断片？」

「そう、死んでも魂は直《す》ぐに消えずに残るの、そして大切な人に付く、きっと知海ちゃんが大切に思ってたのと同じように相手の人も知海ちゃんのことを大切に思ってたんだろうね」

「ほ、んと」

手を握られていた知海の声が震える。

「うん、本当」

紗那は優しく言って、知海の頭を撫《な》でた。それが切っ掛けとなったのだろう、知海の頬《ほお》に涙が伝った。

「大丈夫だよ」

泣き続ける知海《ちひろ》を紗那《さな》はなで続けた。

知海が落ち着くのを待って、紗那は帰り支度を始める。

「それじゃ送ってくる、このまま見回りに行くから先に寝てていいぞ、戸締まりはしっかりな、誰か来ても開けるなよ、なにかあったら直《す》ぐに電話しろ、俺じゃなかったらタチバナの方でもいいからな」

「わかったから、紗那さんもありがとう」

「また来るね」

泣きはらした知海の目は赤く腫れぼったかったが、少なくとも表情は最初よりもだいぶ明るくなっていた。

「想《おも》いの断片が付いているならそこから情報を読み取れないのか？」

車に乗った紗那は少しだけ窓を開ける。降り始めた雨の酷《ひど》く息苦しい湿気が入ってきた。

「ごめん、あれ嘘《うそ》」

「占い師の手口ってやつか？」

「怒る？」

「いや、必要な嘘もあるさ」
「本当だったらよかったのにね」

四章　轟巧

Grab your desires with your own hands.

《七月十四日日曜日》

静まり返った会場内。

相手が切っ先を僅かに下げて右足を動かす。

ここ。

「小手あり！」

狙った通りに出小手は決まり、思った通りに全ての審判が旗を揚げた。

「勝負あり！」

大して歯応えもなく記憶から消えるだろう対戦相手に礼をする。これが決勝戦だと言うから詰まらない。

第五十二回剣道錬成大会はこれで終了となる。

あまり意味のない閉会式と表彰式を終え、各学校が協力しての片付けが始まった。俺らの学校はモップがけの担当となる。

「流石《さすが》ですね、轟《とどろき》先輩」

掃除の最中、後輩が話しかけてきた。

初戦で呆気《あっけ》なく負けた野田《のだ》か、確か高校から始めた奴《やつ》でまだまだ未熟な部分が多い。

女子だからと、周囲からは甘くされているがそれが未熟さの言い訳になるわけではない。

「なにがだ？」

「団体戦まで全戦全勝だったじゃないですか、しかも全部二本で勝ってますし」

「大切なのは克己だ、いかなる状況でも己の実力を出すのなら難しいことではない」

「流石ですね」

「野田、お前は打ち込む時に右手に力を入れすぎて正中線を外している、先《ま》ずは正しい打ち方を意識しろ、相手が誰であれ正しい打突をより速く打てれば勝てる、わかるな」

「はいっ！」

返事は元気がいいが、果たしてどこまでわかっているのか。

試合というのは結局の所、確認作業に過ぎない。強者が強者である確認。弱者が弱者である確認。それ以上の意味はない。

「週末しか練習がないからと言って気を抜くな、素振《すぶ》りだけなら家でもできるだろう」

「頑張ります」

頑張りだけで弱者が強者になれる程、この世界は優しくはない。

雑兵はわからぬことをわかった気になるから、雑兵なのだ。

《七月十五日月曜日》

ようやく今日も酷《ひど》く苦痛な時間が終わった。

父が卒業しろと言わなければ学校などという弱者が群れ合う場所に通う必要はない。

特に部活がない現状、学校に通っているのは惰性でしかなかった。

この意味のない馴《な》れ合《あ》いの中で考えることといえば、大会のことだけだ。

本当の意味で強者を決めることのできる命がけの大会。

俺が下らない剣道の試合をするしかなかった昨日も試合は行われたのだろう。クジ引きなどという面倒なシステムは抜きにして、毎回戦わせて貰《もら》いたいものだ。

「おっ、轟《とどろき》さんだよな、ちょっといいか？」

弱者の群れに紛《まぎ》れて、校門を出たところで呼び止められた。

坊主頭の軽薄そうな男が立っている。

着崩した制服から見て、他校生だが見覚えはない。

「誰だ？」

「そりゃないぜ、直接当たってないけど昨日の大会にいただろ」

男はヘラヘラと手を動かしながら話すが、決勝にすらたどり着かない雑兵を覚えている筈《はず》などない。

「それは済まない、要件はなんだ？」

「ここじゃちょっと話しにくいことでさ、向こうの方でいいかな？」

男は目線と手で、左側を指し示す。

生憎《あいにく》、帰宅方向とは逆だ。なにより、あまりいい雰囲気の人間とは言えない。

「済まないが急いでいる」

「そう言うなって」

男は右側に歩き出した俺を遮るように前に出て、右手を前に突き出した。

間合いからして届かない拳は避《よ》ける必要もない。

だが、彼の意図は俺を殴ることではなかったらしい。

その拳、人差し指にはめられた指輪が目に入った。

「お前」

それは紛れもなく「大会」参加者に配られた指輪だ。

「昨日会場で見たんだよ、真面目で噂《うわさ》の轟さんには似合わない指輪をしてるの」

「なにが目的だ？」

「だから、それを向こうで話そうってことだよ」

彼は俺の肩を軽く叩《たた》いて、通り過ぎるとそのまま歩き出す。気にくわない人間だが、ついて行く他なさそうだ。

「いや、しかし昨日の試合は見事だったな轟さん、とてもじゃないが剣道の試合であんたに勝てる気はしないな、まぁあっちの方ならわかんねぇけど」

べらべらと話しながら男は先を歩く。

い手だ。

「おっと、そうだったな、牟田《むた》だ牟田彰一《しょういち》って言う、よろしくな」

へらへらと男は振り返り、手を差し出す。本当に剣道部か疑わしいほど、竹刀ダコのな

「よろしくなるかどうかは用件次第だ」

握手を求めているのだろうが、俺は手を出さない。

大会の参加者はすなわち異能者ということだ、不要な接触は避けるに超したことはない。

「いやぁ噂《うわさ》に違《たが》わぬ堅さだな、質実剛健を体現したような男って言われるだけはある」

「得てしてそう振る舞ってはいない、不要なことに関《かか》わらぬようにしているだけだ」

「俺みたいなって言いたいだろ?」

自嘲気味に彼はわざとらしく、頬《ほお》をつり上げ、真顔になった。

「けど、関わってた方があんたにも得だぜ」

その後も牟田はだらだらと話し続け、歩みを止める気配はない。いつしか通りから外れ、人気《ひとけ》のない裏通りへとたどり着く。

「この角の先だ」

そう言って一足先に牟田が角を曲がり消えた。

大会で場外乱闘を禁止された記憶はない。

ふと、最近月曜日以外に見つかる、明らかに大会とは関係ない死体について考えが及ん

だ。

　場合によっては逃げるべきか。

　刀もない状態で異能者の待ち伏せを倒せる可能性は低い。強者とは己の実力と状態を正しく把握できる者のことだ。

　意を決して角を曲がる。

　袋小路になったそこに牟田以外に二人の高校生らしい男が立っていた。

　やはり、待ち伏せか。

「そう警戒するなよ、別にあんたと戦うつもりはねぇって」

　牟田がニヤリと笑い、それにつられるように他の二人も笑う。見目ではどちらもそれほど強そうには見えないが、異能者である以上見目の判断は意味がない。

「では、なにが目的だ？」

「なぁ轟《とどろき》さん、指輪をなくしたことはあるか？」

　牟田は明らかに「なくした」という言葉を強調した。

「ないが、なくせば死ぬと説明を受けている」

「俺もそう言われた、でもそれって本当か？　指輪なんて普通に生きてりゃなくすことだってあるだろ、その度に大会参加者が死んでたらヤバいって、しかもどこまでがなくすってことになるんだろうな？　ほら、ちょっと場所がわからなくなることだってなくすって言うが、大抵直《す》ぐに見つかるだろ、そしたらなくしてないってことになる」

「なにが言いたい？」

「結論から言うとな、指輪をなくしても死なないんだよ、ただし、奪われたら死ぬ」

その結論がさも重要なことのように牟田《むた》は大きくにやけた。

「試したのか？」

「まぁな、対戦に当たっちまったし、俺の異能は奪うことに関しちゃ少しだけ有利なものでさ、試しに奪ってみたら本当に死ぬんだもんな、んでそれから色々と実験したんだよ、そして抜け道を発見した」

「姑息《こそく》なことを考える」

「まぁそう言わずに聞けよ、例えば指輪をなくしちまって、それを偶々《たまたま》拾ったのが別の異能者だったらどうなると思う？　ただ、指輪を拾われただけで死んじまうのか？　指輪をなくしても死なないのに？　結論は、死なない、死なないんだよわかるだろ、これの重要性が」

興奮した様子で牟田は目を見開く。

ひどく回りくどかったが、彼の言いたいことは理解した。

「つまり、命をかけずに指輪のやり取りが可能ということだな」

「そうだ、流石《さすが》だぜ轟《とどろき》さん、物わかりがいい、あんただって死にたくないだろ？　俺も死にたくない、お世辞にも俺の異能は勝ち残るのに向いてるとは言い難《がた》い、他にどんなえげつない異能を持ってる奴《やつ》がいるかわからない、だから協力しようぜ、指輪を集めれば賢者の石になる、全部集まらなくてもある程度揃《そろ》えば、そして、異能者が協力すれば、こんな大会を開いたあのクソ野郎を倒せるかもしれねぇだろ」

自分の言葉にさらに興奮していくようで牟田は息継ぎも忘れた様子で話す。

異能者が揃えば『彼』に勝てる、本当にそう思っているのは滑稽だ。

「悪いが、その話には乗れない」

「なんでだよっ！」

「奴を倒すよりは、大会で生き残る方が遥《はる》かに簡単だからだ」

「あんなガキに怯《おび》えてんのかよ？」

牟田は彼の事をガキと言うが、俺の前に現れた彼は老人の姿だった。まぁ彼なら姿を変えられることくらいでは驚かないが。

「そうだ怯え恐れている、圧倒的な強者に対してそうならないことを強さだとは思わないのでな」

これ以上彼らと話しても無駄だろう。

俺はきびすを返し、歩き出す。後ろで牟田の声が聞こえたが追って来る気配はない。

そもそも、群れて強者に敵《かな》うと考えるのが弱者なのだ。

帰路の最中、大会の参加を告げられた日のことを思い出す。牟田たちのことを滑稽だとは思うが愚かであると断ずることはできない。

現に俺も似たようなことを試したのだから。

「話はわかったが、お前はなんの権限があって俺たちに命を奪い合わせるような大会の参加を要請している？」

「面白い質問だね、君」

和抄造《にぎしようぞう》と名乗った彼は皮膚に深いしわを刻んだ、痩せ細った老人の姿で見目お世辞にも強そうではなかった。この時点での俺は見た目の強さが異能者としての強さと関係ないことを正しく理解してはいなかったのだ。

「しかし少し勘違いしている、大会への参加は要望ではなく強制だ、そしてそれを命じる権限とは力だよ」

「お前に力があるようには見受けられない」

「ごもっともだ、だがよく言うだろう人を見かけで判断してはいけないと」

「口ではなんとでも言える」

「手合わせしたいと？」

「適《かな》うのなら」

俺は父から譲り受けた愛刀を手に取る。

「いいだろう、しかしこの部屋は暴れるには狭すぎるね」

俺の部屋を見回した彼はリズミカルに両手を叩《たた》いて、俺は見知らぬ体育館の中にいた。

「驚いたかな、しかしこの異能はあまり使えるものではなくてね、自分と周囲の人間を登録した場所に移動させるだけという悲しいものさ、殺風景な所だが暴れるにはいいだろう?」

体育館はありふれた合板敷きのもので、特徴がないという特徴から県体育館ではないかと推測された。

「さぁ存分にやろう」

彼と俺との距離は部屋にいたときと変化しておらず、一足一刀の間合いにあった。

この間合いで俺に敵《かな》う者などいないと、その時の俺は思っていた。

しかし、抜こうとした刀は鞘《さや》と結びついたように離れなかった。

「君の獲物は少々怖いからね錆《さ》びさせてもらったよ、この異能は範囲内の金属を急速に酸化させるというものでね、だがこんなコモンレベルの外れ異能でも使い方次第ではそれなりに役立つ」

両手の指を全てつけ、老人は得意気《げ》に説明する。

ここで俺はある程度異能者同士の勝負を理解した。

咄嗟《とっさ》に鞘のままで殴りつける。

それを老人は右腕で受け止めた。

「危ないじゃないか、君」

まるでダメージのない表情で彼は一歩踏み出し、軽く俺に手を触れる。

それだけで、俺の身体は体育館の壁まで吹き飛んだ。

「自分の身体を守るような異能はレアリティが高いらしくて、あまり持っていないんだ、怪我《けが》をさせないでくれたまえ」

その言葉と同時に、彼の周りに氷の塊が四つ浮かぶ。

それらは間髪入れずに俺へ向かって飛んでくる。

俺の持っている異能とかけ離れたまるで魔法のようなそれに驚きながらも、身のこなしと刀を使ってなんとかいなした。

「やるじゃないか、格好《かっこ》いいだろう？　周囲の水分を集める異能、周囲の水を凍らせる異能、周囲の物体を操る異能、実に三つの異能の合わせ技だ、前二つのレアリティはコモンかアンコモン、最後のだけSRと言ったところか、要は使い方次第と言うわけだ」

力で屈服させると豪語するだけはあるようだ。

「それじゃ、こういうのはどうかな？」

先ほどと同じように彼は氷塊を四つ浮かべ、飛ばした。

避《よ》けることができるのなら、そんなもの手品と大差ない。

そう思って、避けた瞬間右腕が肘の先から飛んでいた。

一瞬遅れて痛みがやって来る。

「どうだい、見えなかっただろう？　氷と氷の間に見えない糸を張ってみた、ものを創造する異能は高レアリティだが、単体では使いようがないものも少なくないから工夫が必要というわけだ、見えない糸なんてロマンこそあるが、実用性は低いからね」

老人は得意気《げ》に説明するが、俺はそれどころではなかった。切断された右腕からは拍動に合わせて血が噴き出している。痛みもさることながら、早々に決着をつけなければ失血死してしまう。

そんな無様な死に方は俺には似合わない。

左手で刀を握り、俺は走り出した。

…………。

「君も異能者だから知っているだろうが、異能なんてものはフィクションで描かれるような便利なものではない。様々な制約を受け、特定条件でしか発動せず、中にはまるで使い物にならないようなものまで存在する。なぜそうなのかは知らないが、人間の進化の可能性の中で生まれる偶発的変異なのではないかと考えているよ。ちょうど先天的疾患やそれに類するもののように、とは言え上手《うま》く扱えばこういう具合になるわけだが」

数分後、俺は一太刀どころかまともな一撃すら彼に与えられず、体育館の隅に追いやられていた。

両腕と右足を失い、腹には氷の塊が突き刺さって、視力を奪われ、口を封じられ、なぜ生きているのかが不思議な状況で。

「なぜ生きているのか不思議かな？　安心したまえ触れた対象を一定時間いかなる状態でも生存させる異能を君に使っている。触れることが条件の異能は総じて強力でね、恐らくこれはＳＳＲくらいだろうね。その中では外れな方だが拷問などには打ってつけだ、その一定時間もそろそろ切れるわけだが」

この世界には強者と弱者がいる。

俺は彼に会うまで自らを強者だと信じて生きて来たが、彼の前では赤子も同然だった。

「しかし、君のように威勢のいい若者は嫌いじゃない、利き腕を失っても向かってくるなんて並の人間にできることではないだろう、なにより大会が始まる前に参加者が減ってしまうのは悲しいからね、特別に生かしてあげることにするよ」

彼が指を鳴らす音が聞こえ、俺は自分の部屋にいた。

体育館へと移動させられる前と全く変わらない姿で。


俺は愚かだった。だからこそ言える。

どれほど有象無象の雑兵を集めた所で彼に勝つことはできない。

この前の赤根凛空《あかねりく》との戦いでそれを更に確信した。

あいつの風を操るという異能は俺のものに比べれば、悔しいがかなり有用なものだった。

和抄造《にぎしょうぞう》に言わせればSR程度はある異能だろう。

しかし、そんな異能を持ちながらあいつはそれを有効に使えていたとは言えない。俺を吹き飛ばし、持ち上げる程の風を操れるのなら他の物体を飛ばして俺へと当てるような使い方もできただろう。他にも多方向から風を吹かせることで俺の動きを封じることだって可能だったはずだ。

なにより、自分の異能の発動条件を簡単に読まれる時点で雑兵だ。

戦いに慣れていない人間が、どんな異能を持ちどれほど集まっても意味はない。

《七月十八日木曜日》

「あっ先輩、お疲れ様です」

授業が終わり、帰り支度をしていると野田《のだ》が教室へとやってきた。

「どうした」

「今日剣道部のみんなでカラオケ行こうって話になったんですけど、先輩も行きませんか」

野田は気さくで、可愛《かわい》がられる後輩ではある。三年の教室にまで来て俺に積極的に声をかけるのも、後輩の中ではこいつだけだ。

「お前、素振《すぶ》りはしているか？」

「えっと、うちマンションなんでなかなかそういう場所がないんですよ、先輩の家みたいに道場があればよかったんですけど」

ばつの悪そうな顔で野田は頭をかく。

「練習がしたくなったら俺に言え、道場を貸してやる」

「本当ですか!?　ありがとうございます」

彼女からすれば嬉《うれ》しい話ではないだろうに、表面上だけでも嬉しそうに頭を下げる辺りが可愛《かわい》がられる部分であることは否定しない。

「それで、カラオケですけど」

「俺がいない方が盛り上がるだろう」

それでも弱者であることに変わりはない。

なにか言いたげな野田《のだ》を置いて俺は教室を後にした。

「よぉ、轟《とどろき》さん」

校門を出ると、今度は俺を待ち構えていた牟田《むた》が話しかけてくる。

月曜日から数えて既に四回目、つまり毎日待ち伏せている。

こいつも暇な人間だ。

「何度言われても変わらないぞ」

「そう言うなよ、轟さん」

目も合わせずに通り過ぎるが、牟田は後ろから追ってきた。

「あんたが協力してくれれば四人になる、そうなりゃ残りの参加者八人の内の四人だ、充分だろ、仮に力で及ばなくてもそれだけの人間が反発したってなったら大会が成り立たない、そう奴《やつ》に思わせることができるはずだ」

確か大会開始時の参加者は十三人。

彼のことだから、宗教的な意味合いなど考えず単にこの街に存在している異能者の数なのだろうが、そこから既に五回対戦が行われ残り八人。

頭があまり良さそうに見えない牟田だが引き算はできるらしい。

だが、端から一人を除いて殺そうとしている男がたった四人の謀反者をどう考えるかはわからないようだ。

「そうか、俺以外で集まるといいな」

「そう簡単に見つからないから、あんたに付きまとってんだ」

「だろうな」

大会が始まるまで、俺以外の異能者に会ったことはなかった。

残りの八人、内牟田たち三人と俺を除いた残り四人。

たった四人の人間をこの街から探し出すのは不可能に近いだろう。

「だから協力してくれよ」

「それは無理だ」

いつもなら、途中で諦めて帰るのに今日の牟田は家の前まで追ってきた。

週末が近づき、自分が当たる可能性に恐怖しているのだろう。

弱者らしい悩みだ。

「俺は諦めないぞ」

捨て台詞《ぜりふ》を吐く牟田を道場前で追い払い、そのまま道着に着替えて練習を始める。

あいつも俺に付きまとう暇があるのなら、少しなりとも鍛錬をすればいい。

そしたら多少マシになるだろう。

まぁ普通の剣道では高が知れているが。

轟《とどろき》流は祖父が古今の様々な剣術を組み合わせ新たに生み出した流派で、実践的な人を斬ることに特化している。

現代ではほぼ無用の長物とされるものだが、この大会では非常に有用だ。

お前は生まれた時代を間違えたと、よく父は俺に言ったがむしろこの時代でよかったと今では思う。弱者が弱者として生きられるこの時代が間違っているとは思わない。だが強者が弱者に迎合する時代が正しいとも思わない。

俺は賢者の石を用いて、この世界を変える。

素振《すぶ》りをする手に思わず力が入った。

「お疲れ様です、兄さん」

弟の昇《のぼる》が道場へと入って来る。

「ああ」

俺はこいつが嫌いだ。

「ご一緒してもいいですか?」

「手合わせするか」

「いいですか」

素振りを止《や》め、昇が準備を終えるのを待つ。剣道の試合と異なり、轟流は防具を身につけない。有効打突という概念もなければ、反則もない。生身の竹刀で互いに打ち合い、降参した側が負ける。至って単純なものだ。

「お願いします」

挨拶とともに昇が竹刀を構えた。それなりに様になっているが、弱さを隠し切れてはいない。年子の昇は今高校一年生、十年以上も剣を学んで来たのに弱者だ。

生まれ付いての強者がいるように、生まれ付いての弱者もいる。弱者がそれだけで悪ではない。それではあまりに救われないだろう。だが、己が弱者であることを理解していないことは紛《まぎ》れもなく悪だ。

轟流の技の一つに、「隙《げき》」と言うものがある。相手の心理的、肉体的な虚を突いて動くことでこちらの動作を読ませないという技だ。

最も多い肉体的な虚はまばたき。轟流を鍛錬しているのなら、試合の最中容易にまばたきなどしないだろうが、昇は直《す》ぐにする。

昇のまばたきに合わせて放った逆袈裟は胴を捉え、昇を吹き飛ばす。

「終わりか？」

「まだです」

苦痛に顔を歪《ゆが》めながら昇は立ち上がるが、その構えには痛さへの怯《おび》えが交じり隙が生じる。

次いで俺が放つ面を昇は竹刀で受け止める。だが力が弱い。強引に上から力を被《かぶ》せ、押し切り、吹き飛ばす。

「終わりか？」

「まだです」

それから幾度、打ち、飛ばし、倒しても昇《のぼる》は降参しなかった。ほぼ受けに回り、たまに放つ打突も浅く弱い。ひたすらに弱い。

「もういい、今日はここまでだ」

苛立《いらだ》ちが収まらなくなり、試合を切り上げる。

「ありがとうございました」

ボロボロになりながら、昇は頭を下げた。

諦めないことを美徳などと言うが、この竹刀が真剣であったならあいつは何回死んでいるかわかったものではない。

道場を出ると既に陽《ひ》は暮れていた。

風呂に入っても苛立ちは収まらなかった。

夕食は決まって家族全員でとる。その場で、父は昇の傷に気が付いた。

「試合をしたのか」

父は俺と昇を交互に見る。

「はい」

右手にアザを作った昇が痛みのせいか箸の扱いに少し難儀しながら、魚をばらす。

「勝敗は、訊《き》くまでもないか」

「兄さんにはまだまだ敵《かな》いません」

「巧《たくみ》は既に俺よりも強いからな、しかし昇、挑み続けることが大切だ、その心こそが真の強さになることを忘れるなよ」

「はい」

父が俺と昇のどちらかを贔屓《ひいき》するようなことはない。俺の強さを認めてもいる。それに不満はないが、昇に説くような強さなど無意味だ。弱者の持ちうる強さなど存在しない。

《七月十九日金曜日》

本日で終業式、これでしばらく下らない時間に邪魔されずに済む。

「あのっ、先輩」

校門を出るところで声を掛けられた。

今日は牟田《むた》ではなく野田《のだ》だった。

「どうした」

「あの、先輩がよければ道場を使わせてもらえませんか？」

昨日の話を真に受けたらしい。

まさか本当に言ってくるとは思っていなかったが、悪い気はしない。

「いいぞ、防具持ってこい」

「直《す》ぐ持って来ます」

どこまで本心か知らないが、嬉《うれ》しそうに野田《のだ》は駆け出す。

昇《のぼる》よりはマシな練習相手になるだろう。


「家に道場あるって、凄《すご》いですよね」

道着に着替えた野田が一礼をして、道場へと入ってくる。

「祖父が凄いだけだ」

「先輩も凄いですよ、あんなに強いし、私、高校から始めたからみんなより全然弱くって、試合でも勝てないし、少しでも強くなりたいんです」

自分が弱いことを自覚しているのは悪いことではない。根底にあるのは昇のような弱さだろうが、伸びしろがあるだけ野田の方が圧倒的にマシだろう。

「そうか、練習を始めるぞ」

素振《すぶ》りを終え、防具を着けて打ち込み練習、そしてかかり稽古。

「まだ右腕に力が入っている、もう一本」

轟《とどろき》流からすれば剣道の練習はぬる過ぎるが、野田にはそれでも充分キツかったようで汗が道着の色を変えていた。

「あり、がと、うございました」

最後の追い込みが終わり、面を外す。

「母屋の方にシャワーがあるから使うといい」

「流石《さすが》にそこまではいいですよ、後は帰るだけですから」

野田は何故《なぜ》か軽く頬《ほお》を赤らめ、首を振った。

こいつにも恥じらいというものがあったらしい。

「そうか、それじゃ送っていこう」

「そんな、これ以上先輩に迷惑かけられませんから」

「練習は迷惑ではないだろう、それにもう直《す》ぐ陽《ひ》が暮れる、野田も一応女子だろ」

汗まみれの野田が変な顔をする。

「先輩、私のこと女子だと思ってたんですね」

野田は髪こそ短いが、見てくれはどうやっても女子だ。いくら俺が興味なかったとしても間違えようがない。

「バカにしてるか？」

「い、いえ、だって、男子部員と扱い変わりませんし」

「なんだ、他の奴《やつ》にされるみたいにチヤホヤして欲しかったのか」

「違いますよ、先輩のそういう所いいと思ってますし、ただ意外だっただけです」

なにがどう意外だったのかは知らないが、心外だ。

「下らないことを言ってないで、さっさと着替えてこい」

「はい」

部活よりも練習時間が長くなったようで、外に出た時には宵闇が迫っていた。

「先輩って本当に教えるの上手《うま》いですよね」

「よく言われるが普通だろう、自分が相手にする時どこを隙として捉えるかを考え伝えているだけだ」

隣を歩く野田《のだ》は防具袋さえ重そうに歩く。

部活での練習に比べれば多少ハードだったかもしれない。

「野田の場合はまだ打ち方に無駄が多いな、右腕に力が入りすぎていることで正中線を外している、結果として打突の速度が遅くなり先を取られるわけだ、練習は正しい打突を意識していけ、差し込むような打ち方はそれが身についてからだな、一本毎に自分の打突が正しいかを考えていけばそれなりに上達するだろう」

「はいっ！」

まるで道場で指導を受ける時のように野田は姿勢を正して返事をした。剣道を始めて数ヶ月だがそういう部分はすっかり身についたようだ。

「まぁ今日の練習でバテるようじゃまだまだだな」

「えー、部活より全然キツかったですよ」

「轟《とどろき》流の練習と比べれば軽い方だ」

「先輩が強い理由が少しわかった気がしますよ」

「それは生まれ付きだ、練習はそれを補佐するに過ぎない」

「生まれ付きですか」

「ああ、肉食獣が生まれ付いての捕食者であるように、強者は生まれ付いて強者だ、弱者も然《しか》りだ」

「そう、なんですかね？」

　俺の持論に納得できないように野田は首を傾《かし》げる。

「それじゃ、私が弱いのも生まれ付きですか？」

「だろうな」

「だったら、なんで私の練習に付き合ってくれたんですか？」

　こちらを向いた野田は怒っているようにも見えた。

「勘違いするな、生まれ付いての強弱は覆りようがないが、弱いことは悪いことじゃない、自らの弱さを理解しないことが悪いことだ、その上で努力をすればマシな弱者にはなれる、それでも強者に勝てるかはわからないがな」

「先輩のことは好きですけど、先輩の言い分はなんか悲しいですね」

　野田を説得する必要は俺にはないが、勝手に哀れみを向けられても困る。

　事実、強者と弱者の間には生まれながらに巨大な壁が立ちはだかっている。それを弱者が努力だけで超えられる場合は希《まれ》だ。

　それを自覚していないのなら、尚更《なおさら》その壁は巨大になる。

　そう説明しようとしたが、野田は真っ赤な顔で首を振った。

「あっ、アレですよ、好きって言うのは、そういうアレじゃなくて、先輩としてってことですからね」

どうやら、自分で言ったことに対して照れているようだ。

「言われなくても知っている」

「そう、ですよね」

野田《のだ》を家まで送った頃には辺りはすっかり暗くなっていた。

「今日は本当にありがとうございました」

「またいつでも来い、少しでも強くなりたいならな」

「はい」

結局、野田は俺の言い分には納得しなかった。

それは別に構わない。

納得しようがしまいが、厳然たる事実だ。異能という生まれ持った力がその証明だろう。

俺の異能はそれだけで人を殺せるような強力なものではない。和抄造《にぎしょうぞう》のレアリティに当てはめるのならコモン程度の弱いものだ。俺はその弱さを理解し、自らの強さで補った。

だからこそ、赤根凛空《あかねりく》に勝つことができたのだ。

異能と言えば、明日はクジ引きの日だ。

対戦もまた確認作業に過ぎない。俺の強さの確認であり、俺が心底求めていたものだ。

赤根を斬り伏せた時の快感を思い出した。

真剣で人を切る快感ほど強者に相応《ふさわ》しいものもない。

刃《やいば》が肉を裂く重み、斬り裂かれた腹から溢《あふ》れる臓物と血潮、苦痛に歪《ゆが》む顔とそれを見下す征服感。

思い出に浸っていると、暗がりから人影が現れた。

咄嗟《とっさ》に、ポケットに入れていたハンティングナイフに手が伸びる。月曜日、牟田《むた》に呼び出されてから護身用にと持ち歩いているものだ。

「轟《とどろき》さんも隅に置けないな」

ポケットからナイフを抜く前に、街灯の下に牟田が姿を現した。

「なんの用だ」

「わかってるだろ、俺たちに協力してくれ」

「しつこいな、無駄だ」

「まぁそう言うなよ、もう一人見つかりそうなんだ」

得意気《げ》に、牟田はスマホを取り出した。

微妙な距離で文字までは読めなかったが、指輪の写真が貼り付けてあるのはわかった。

「結構拡散されててさ、大会に参加してる人間だけが意図のわかるように工夫したんだぜ」

「それはよかったな」

「これであんたが加われば五人だ、半分を超える、あいつだってきっと無視できない」

「たったそれだけで奴《やつ》をどうこうできると思うとはおめでたいな、勝手にやっててくれ」

「いいのかよ、そんなこと言って」

青白い街灯の下で、牟田《むた》がにやりと笑う。

「さっきの後輩だろ、家にまで送ってあげるなんて関心じゃねぇか」

どうやら、野田《のだ》をネタにして俺の協力を取り付けようという魂胆らしい。

「ああ、ただの後輩だ」

「おいおい強がるなよ、家にまで招いててそりゃないだろ」

今日は姿を見せないと思っていたが、後を付けていたらしい。本当に暇人だ。

「勘違いしているようだが、本当にただの後輩だ、なんなら今この場に呼び出して刺し殺してみるか？　俺は眉一つ動かさない自信があるが」

ポケットからハンティングナイフを取り出し、柄を牟田に向かって差し出す。

「はぁ？」

ナイフにたじろいだように牟田は一歩後ずさった。

「それとも、お前を刺した方が話が早いか？」

「ちょっと、待てよ轟《とどろき》さん」

「毎週誰か死んでるんだ今更一人増えたところで変わらないだろ」

ナイフを持ち替え、牟田に向ける。

「冗談じゃねぇ」

顔を引きつらせた牟田《むた》は、駆け足で立ち去った。

牟田の行動は弱者の生存戦略としては評価するが、所詮現実逃避に過ぎない。

弱者であることを理解せず、強者になるための努力をしない真の弱者らしい。

ナイフをポケットにしまって、夜道を歩き出す。

殺人事件が連続しているからだろう、それほど夜の深い時間でもないが道には人通りが少ない。

路地を曲がると尚更《なおさら》で、唯一歩いているのは仕事帰りだろう女性だけだった。

他意があったわけではない。

牟田との一件で多少気が高ぶっていたことは事実だ。

ふと、明日のクジが外れればまた一週間は無益な日々が続くのだと思った。

ふと、試し切りという文化を思い出した。

ふと、人死が今更一人増えたところで問題はないと思った。

それだけだ。

思って、実際に行動に移すほど愚かではない。

俺はどこかの気の触れた殺人鬼ではない。

だが、ただでさえ物騒な世の中で、あんな事件が起こっているこの街で、人気《ひとけ》のない路地で、誰かが後ろを歩くことに耐えられなかったのだろう女性は早歩きになる。

頬《ほお》が緩んだのを感じた。

自《おの》ずと、歩く速度が速くなる。

映画などで悪役が獲物を追い詰める時なぜあんな笑顔で歩くのかずっと謎だったが、やってみるとよくわかる。怯《おび》えて逃げる背をゆっくりと追う嗜虐《しぎやく》的な征服感、これはまさしく強者が味わうべきものだ。

肉食獣が草食獣を追い詰めるように。

自然と右手がポケットからハンティングナイフを取り出した。

使うつもりはない。

だが、肉食獣は牙を持っていて然《しか》るべきだ。

ここで走り出せば、直《す》ぐに手が届く。

刃《やいば》は彼女が叫ぶ間もなく喉を斬り裂くだろう。

想像するだけだ。そうするつもりはない。

そう、これは強者の戯れだ。

「君、なにしてる」

不意に、後ろから声をかけられ、同時に肩を掴《つか》まれた。

獲物に注視しすぎて後ろへの警戒を怠っていたらしい。

言い訳を考える必要があるか？

手にはハンティングナイフ、前には逃げる女性、そして連続殺人が起こっている街。

言い訳など、必要ない。

人死が今更一人増えたところで問題はない。

「散歩です」

振り返りながら、手に持ったハンティングナイフを声の主の腹へと突き刺す。刃《やいば》が肉を切る感触が手に伝わり、直《す》ぐにあふれ出た生温かい血が手に付いた。刀身が全て隠れるほど深く突き刺さったナイフはこれだけで致命的だろう。

「ぐっ」

声の主は唸《うな》ったが、俺の肩を離そうとしない。

手を振り払おうと顔を上げると、声の主と目が合った。

「轟《とどろき》か」

相手が先に俺の名前を口にする。

「月摘《るつみ》さん」

知り合い、しかも刑事とは。

確実に殺す必要が増えた。

月摘の腹に刺したハンティングナイフを抜こうとしたが、血で手が滑る。しかも腹筋に力を入れているのだろう、びくともしない。

月摘重護《じゅうご》、彼も間違いなく強者側の人間だ。

「まさか、お前だとは」

月摘は俺の肩を握る手を強くした。そして、左手で俺の右手を掴《つか》む。よくも腹を刺されてこんな力が出せる。

俺はハンティングナイフを抜くのを諦めた。

代わりに、下方向へと体重を乗せて押し切る。

「んっ」

ナイフは月摘の腹を骨に当たるまで垂直に切り開き、俺を持つ手が緩んだ。

その隙を逃さず、月摘を振りほどく。

その衝撃で彼は地面へと倒れた。

この傷だとそれほど長くは持たないだろう。それよりもこの現場を誰かに見られる方が危険だ。

クソッ。

ハンティングナイフを月摘から抜き取り、その場を去る。

手にベットリとついた月摘の血が気持ち悪かった。

《七月二十日土曜日》

「君がやんちゃなのは知っていたが、警察を手にかけるとは思っていなかったよ」

俺にクジを引かせるためにどこからともなく部屋に現れた和抄造《にぎしょうぞう》はシワだらけの顔をにやつかせて言った。

「どうして知っている」

「情報は多いに越したことはないからね」

「異能か」

「残念ながら知識に関する異能はなかなか高レアリティらしくてまだ引き当てられていないのだよ、まぁそのうちに当てるさ、さて雑談をしに来たわけでないことはわかっているだろう、クジを引いてくれたまえ」

「警察の件はいいのか」

「裁判官に見えるかな？　君たちが対戦までの間どう振る舞おうと構わないさ、捕まってもらっても構わないよ、大会にさえ出てくれれば」

彼の余裕は真の強者が持つものだった。昨日、帰ってから必死に血まみれの服と身体とハンティングナイフを処理した俺とはやはり別次元だ。

「流石《さすが》だな、それなら牟田《むた》たちのことも既に知ってるわけか」

「ん？　彼がどうしたかな」

「牟田以外の名前は知らないが異能者の仲間を募ってあんたに反逆しようとしている」

「ほぉ、それは面白いね、君は参加しなくていいのかい？」

「数人異能者が束になった程度であんたに勝てるなら苦労はしないだろう」

「君は面白くはないが賢明だね、まるで牙を抜かれた狼《おおかみ》のようじゃないか」

牙を抜かれたつもりはないが、身の程は知った。それを俺に教えた奴《やつ》がまるで他人事《ひとごと》のように言うのは少々気に障る。

「牟田たちはいいのか？」

「構わないよ、少しは楽しませてくれるかもしれないからね、まぁ大会のことを世間に公表しようとするなら処理するが」

きっと全ては彼の掌《てのひら》の上なのだろう。

「それはそうと、クジを引いてくれないかな、他のところにも行かないといけなくてね」

急《せ》かされて俺は彼の持っている箱に手を入れてクジを引いた。

「おお、おめでとう」

紙には赤い丸が描かれていた。

《七月二十一日日曜日》

月摘《るつみ》が死んだという話はまだ聞かなかったが、警察が来ていない以上無事ではないのだろう。

万が一、捕まったとしても賢者の石の力があればどうとでもなる。

考えてみれば焦るほどのこともなかったわけだ。

今回の会場は市営球場だった。

武道館が隣接されていることもあって、よく近くを通る場所だ。

照明が煌々《こうこう》とグラウンドを照らし、昼間のように明るい。

もう直《す》ぐ二十二時になろうというのに、対戦者はおろか和抄造《にぎしょうぞう》すら現れていない。

主催者が遅刻とはいい度胸だ。

「済まないね」

まばたきをした記憶はないが、目の前にいつの間にか彼は立っていた。

二十一時五十九分。

その隣には、高校生くらいの女性が彼の手を握って立っている。今回の対戦者のようだ。

自身なさげな女性はどういうわけか目を閉じたままだった。

「彼女にはエスコートが必要でね」

「ありがとうございました」

女性は和抄造《にぎしょうぞう》の手を離す。

エスコート、そして女性がまだ目を閉じていることで理解した。

「目が見えないのか」

「はい、見えません」

女性が答える。

身体的弱者を一方的に倒すのは流石《さすが》に少し心が痛むが、生死をかけた戦いで手加減などできない。

「それじゃ始めようか」

和抄造がゆっくりと歩いて、俺たちから十分に距離を取ってから言った。

一歩、刀を抜きながら踏み込む。狙うのは首。

せめてもの情けで、一撃で終わらせてやろう。

キンッ。

甲高い音が空中で鳴った。

なにもない筈《はず》の空間に刃《やいば》が当たり、それ以上進まない。

まるで壁でもあるかのようだ。

女性はその音に驚く様子もなく、最初の位置から殆《ほとん》ど動かずに立っていた。

これが彼女の異能らしい。

剣を下ろし、手を伸ばして触れてみる。滑らかな手触りの目に見えない壁が確かに存在する。切れ目を探す為《ため》に手でなぞりながら歩いてみると、そのまま一周して最初の位置へと戻ってきた。

どうやら壁は彼女を中心として球形に展開されているらしい。

俺の一撃を防ぐほどだから相当な強度を持っているのだろう。

和抄造でさえあまり持っていないと言う、身を守る異能だろう。彼に言わせればレアリティが高いらしい。

厄介な異能だ。

だが、和抄造と赤根凛空《あかねりく》との戦いでわかったことがある。異能とはそれほど便利なものではない。

例えば赤根の異能ならば、風を起こす為には息を吐かなければならなかった。

そう発動にはなにかしらの条件がある。その条件は同時に弱点とも言える。

相手に気取《けど》られないという点だけで見れば俺の異能は非常に強い。

発動条件は見ること、そして集中すること。

見続けた時間と集中の度合いに応じて、俺は相手の身体の一部を僅かな間だけ動かすことができる。

視線が一瞬でも切れれば異能は働かないし、相手が意識的に俺の異能に抗《あらが》えばそれだけ必要な集中力と時間は増える。逆に、無意識的に行いやすい行動に関しては僅かな集中と時間で操作が可能だ。

最たるものは、まばたきだろう。

今回の相手には意味がないみたいだが。

「便利な異能だな」

「はい」

彼女は普通に返事をしたが壁は依然として存在している。

どうやら呼吸がキーとなる異能ではないらしい。

「賢者の石が手に入ったら、やはり視力が欲しいか？」

「以前はそうでしたが、今は少し迷っています」

「視力以上の望みがあるとはな」

「生まれた時よりそもそも持ち合わせていないものですから、なくても構いません」

「なるほどな、それじゃなにを望む？」

「もう一度お会いしたい方がいるのです、名前も知らず、声しかわからないので探すことは難しいですから」

「命をかけるにはささやかな望みだな」

雑談で集中力を削《そ》いでみたが、壁は消える様子がない。

俺のように集中に連動するものでもないらしい。

「あなたはなにを望みますか？」

そうなると、なにか他の条件だ。

「あの、聞いています？」

一瞬、目を閉じることが条件かとも思ったが、ここに来てから一度も開いていないにも関《かか》わらず和抄造《にぎしょうぞう》が彼女の隣から壁の範囲外へと出たことを思い出し、その可能性は消える。

彼女の身体を観察する。背はそれほど高くない。黒髪の長髪。運動をしているようではないが姿勢はいい。緩いシャツとロングスカート。腕には白杖《はくじょう》を紐《ひも》でかけている。

これと言って不自然な点はない。

壁から手を離し、彼女から目を離さないまま少し後ろへと下がる。

さて、八方塞がりだ。

このままでは負けることはないだろうが、勝つことができない。

「おっと」

後ろに下がりすぎたようで、球場の壁に背中がつく。

そんなに下がったか？

横を見るが、その延長線に球場の壁はない。

俺の背中が当たったのは透明な壁だった。

二枚あるのか。

つまり、俺は彼女を囲む内側の壁と、俺の背中の後ろにある外側の壁、二枚の間に挟まれた形になる。

透明な壁に背を預けると、それはゆっくりと俺の背を押した。

この壁内側に向かって小さくなっている。

彼女の方に近づくと、やはり最初の壁は相変わらず存在していた。

壁の動く速度は非常に遅い。

しかし、このまま壁をどうすることもできなければこの空間はやがてなくなるだろう。

そうなった時、待っているのは圧死だ。

冗談ではない、そんな弱者のような死に方はごめんだ。

内側か外側、どちらか一方だけでも壊さなければならない。

できれば内側だ。そうすればそのまま勝負を決められる。

落ち着け、平常心だ。

刀ではこの二枚の壁は壊せないだろう、他の方法を考えなければならない。

二枚の壁？

なにかが引っかかった。

もう一度彼女を観察する。

どうして、ただ立っているだけなのに彼女は白杖《はくじょう》を腕にかけている？

手で持てばいい。

彼女の両手は不自然にならない程度に軽く握られていたが、よく見るとどちらの手も何故《なぜ》か親指が人差し指ではなく薬指についていた。

普通、そんな握り方をするか？

俺の刀を和抄造《にぎしょうぞう》が錆《さ》びさせた時に両手の指をつけていたことを思い出す。

手の状態も異能の発動条件になり得る。

「見つけたぞ」

「どうしました？」

彼女の異能は親指が薬指についている間に壁を作り出すものに違いない。

一つの手で一枚の壁、だから両手で二枚の壁だ。

直感に近い確信。

どちらの手がどちらの壁に対応しているのかはわからないが、壁の進む速度は遅い。仮に一度失敗して、彼女がより意識的に指をつけたとしても問題ではない。

内側の壁に手をついて、彼女の右手を見つめ、意識を集中させる。

彼女はそれほど強い意志で指をつけていたわけではなかったらしく、程なく操ることができる感覚がやって来る。

ここだ。

彼女の右の親指を操作して、薬指から僅かに浮かせる。

「えっ？」

驚きの声を彼女が上げる。どうやら当たりだったらしい。右手を支えていた目の前の壁が消え去った。

この期を逃すわけにはいかない。

この一足一刀の間合いで、速度で俺に勝る人間などいない。

踏み込み、息を吐くと同時に刀を抜く。

俺の一撃を妨げたのは風だった。

「きゃっ」

声と共に彼女が風で吹き飛ばされる。

それは偶発的に吹いたものではなく確実に赤根凛空《あかねりく》の異能だった。

周囲を見回すが、当然赤根凛空はいない。そうだとも奴《やつ》は俺が殺した。

それなら、なぜ？

グラウンドの中央付近まで飛ばされた彼女は状況が飲み込めないように立ち上がって左手で白杖《はくじょう》を振っている。

少なくとも彼女の異能ではないらしい。

だとするなら、和抄造《にぎしょうぞう》か？

グラウンドの隅で佇《たたず》んでいる彼は、前回の戦いの時と同様さして興味なさそうな目で俺と彼女の両方を視界に収めていた。

彼ではない。直感としてそう思う。

なにより彼女に勝たせたいのなら、こんな回りくどいことをせずに直接俺を殺せばいい。

それができることは誰よりも彼が知っている。

そうなると、この場で風を起こせるのはただ一人。

俺だ。

確かに斬りかかる瞬間に息を吐いた。

それは赤根凛空の異能の発動条件だ。しかし、そうだとするならなぜ俺が赤根の異能を使えるようになっている？

もしかして指輪か？

集めれば賢者の石になると言われ、奪われたらそれだけで命まで奪われる指輪だ。それ以外に特別な力を持っていても不思議ではない。

「倒した相手の異能が指輪に宿るのか」

高鳴る気持ちに、思わず声が出る。

「えっ？」

彼女が首を傾《かし》げるが、関係はない。それを相手が今更知ったところで俺は負けないのだから。

奇妙な点とすれば、和抄造《にぎしょうぞう》がそれについて最初に言及しなかったことだろうか。自分の異能さえ解説する人間が、大会の重要な要素になり得る指輪の特性について説明しないとは思えない。

もし、彼が指輪のこの能力に気付いていなかったとしたら？

一度は彼に完敗を喫したとは言え、それは異能の差であると認識している。俺が強者であることは変わりない。例えば、赤根《あかね》の異能を使えれば和抄造の異能の範囲の外からの牽《けん》制《せい》が可能だ。今戦っている彼女の異能が使えれば、理不尽な氷の攻撃から身を守ることができる。

この先、もっと有効な異能を持った相手と戦えれば、和抄造を倒すことができるかもしれない。

頬《ほお》が緩んだのを感じた。

同時に背中に見えない壁が当たり、歩くよりも遅い速度でそれは彼女の方向へと動く。焦ることはない。右手が内側の壁だということは既にわかった。きっと彼女は指に意識を集中しているだろう。だが、これだけ時間があれば問題はない。

「あなたが、あの風を起こしたのですか？」

内側の壁まで歩き、彼女の右手を見る。

俺の気配に気付いたのか、話しかけてくるがその程度で集中力を失うような鍛錬はしていない。

「私の壁を消したのもあなたでしょうか？」

相当指に意識を向けているらしい。この壁がなくなれば自分が負けるとわかっているのだろう。赤根の時は息を吐くことに集中こそしていたが、勝利を確信した慢心のおかげで比較的簡単に操れたのだが。

「あの、聞いていますか？」

だが、あと少し。

操ることのできる感覚がやってき……。

視線が一瞬途切れる。

なぜ俺は、今、まばたきを、した？

視線が切れたことで、得られかかっていた操作が全て消える。

轟《とどろき》流を修めたはずの俺が、無意識にまばたきなどするわけがない。

なぜだ？

落ち着け、こんなことで平常心を乱されるな。

背中に見えない壁がついた。

まだだ、まだ時間はある。

もう一度初めから。

彼女の右手を見る。
壁がゆっくりと背中を押してくる。
右手を見る。
顔が、前の壁に押しつけられる。
右手を見る。
「すみません、こんな倒し方しかすることができなくて」
前と後ろを壁に挟まれ、骨が軋《きし》み始めた。
右手を。
「あぁあああああ」
身体が、全てが押しつぶされる痛みが、耐え難《がた》く、骨が、あらゆる内臓が。
こんな、俺が、こんな死に方を。

五章　月摘重護 2

Grab your desires with your own hands.

《七月十九日金曜日》

腹からあふれる血を左手で押さえながら、右手でケータイを操作する。
痛みと、血で濡《ぬ》れていることもあってなかなか思い通りに操作することができない。
クソっ、あの野郎派手に斬りやがって。
だが、確実に轟《とどろき》　巧《たくみ》はこれまでの事件に関与している。
ようやく目的の番号に電話をかけることができた。
数回のコール。
頼む、出てくれ。
「どうしたのお兄ちゃん」
まだ寝ていなかったらしい。ついてる。
「来てくれ、場所は」
血が出すぎて、遠くなる意識の中でなんとか伝える。
ついでにタチバナにはメールを入れる。

これで俺が死んでも轟《とどろき》に捜査が及ぶだろう。

《?月?日?曜日》

目を覚ますと、最近はすっかり見慣れないものになってしまった自分の部屋の天井だった。

腹に手をやると傷は完全に消えている。

居間に行くと、知海《ちひろ》がテレビを見ているところだった。

「よく寝てたね、仕事頑張りすぎだよ」

俺に気付いた知海が顔を向ける。

「お前が運んでくれたのか?」

「お兄ちゃん大きいから一人じゃ無理だよ、紗那《さな》さんに手伝って貰《もら》った、それでも重かったけど」

刺されたのが家の近所でよかった。不幸中の幸いだ。

「そうか、あいつにも礼を言っておかないとな」

「それで、あんな大怪我《おおけが》どうしたの? 私が間に合ってなかったら死んでたよ、前にも言ったけど命は直せないんだからね」

本気で心配そうな顔、少し間違えば泣き出してしまいそうな顔で知海は言う。

その言葉を言う知海が考えているのはいつも、両親が死んだ時のことなのだろう。

直しても戻らなかった命のことを。あの時の泣きじゃくる知海が現に俺の頭からも離れないで残っている。

知海には特別な力がある。

あらゆるものを「直す」ことができる力が。

それは物心ついた頃からで、どうやら生物、無生物を問わないらしい。

今、ちょうど知海が使っているコップは昔彼女が直したものだが、直す前と形が変わっている。こっちの方が使いやすいと言っていた。本当に便利な力だと思う。

知海に言わせれば直すという言葉には複数の意味があり、元の状態に戻す、より良い状態に変える、別の状態に変える、の三つらしい。俺の場合は元の状態に戻してもらい、コップの場合はより良い状態に変えたのだろう。

しかし、そんな彼女でも失われてしまった「命」を直すことはできない。仮に死んだ身体を生きている状態に直しても、そこに命が宿ることはない。

「すまない、気をつけるよ」

「本当だよ？」

知海は立ち上がりとても真剣な目で俺を見た。

我が妹ながら真剣な顔も世界一可愛《かわい》いが、それを茶化《ちゃか》すような空気でもない。

「ああ」

頷《うなず》くと、表情を和らげて知海はイスに座り直した。

「少し、行ってくる」

その表情に俺も安心し、同時にしなければならないことを思い出す。

「今から？　もう夜中だよ」

知海《ちひろ》に言われて時計を見た。短針が真上を指し、長針がそれに近づいている。

見れば、テレビも確かにそれくらいの時間帯にやっていそうな番組だった。

「丸一日寝てたのか」

「ううん、二日、今日日曜日だよ、あと少しで月曜日だけど」

「なんてこった」

ケータイを開くと、メールと着信の履歴が山のように入っていた。

言い訳を考えるのが大変そうだ。

「行ってくる」

「本当に？」

「ああ、早く手を打たないと」

急いで家を出て、タチバナへと電話をするが、出ない。

こんな時間だ、もう寝ているのだろう。丸二日寝ていた手前、なにも言えない。

程なく、轟《とどろき》の家へと到着した。

かなり広い家は道場として門徒を開いていることもあって入ることは容易だ。

流石《さすが》にこんな時間に訪れる者はいないので、家は静まりかえり暗い。ただ道場だけ、明かりが灯《とも》っていた。

轟が練習をしているのだろうか、吸い込まれるようにそちらへと足が向かう。

道場の戸を開くと、轟の弟、昇《のぼる》が竹刀を振っていた。彼とも剣道の錬成会で知っている。兄には遠く及ばないが、熱心な剣士だったはずだ。

突然の来訪者に驚いたように、昇は素振《すぶ》りを止《や》めた。

「夜分にすまない、巧《たくみ》はいるか？」

「兄は、確か出掛けたかと、まだ帰っていないはずです」

「そうか」

こんな時間の外出。また犯行に出ているのか？

道場を後にしようとする俺を彼は呼び止めた。

「あの、確か警察の方でしたよね、兄がなにか」

「少し確認したいことがあっただけだ、気にしなくていいぞ、遅くに邪魔をして悪かった」

「いえ」

彼は納得していない様子だったが、説得する時間が惜しい。今このときも新たな犯行が行われている可能性がある。

これまでの犯行現場の経緯から、綺麗《きれい》な死体では路地などの通常の通り、大迫祐樹《おおさこゆうき》の死体から始まった変死体では工場跡などの開けた場所という特徴がある。

この二種類の死体と場所の傾向から俺はそれぞれ犯人が別にいると踏んでいる。

轟《とどろき》が該当するとしたら、手口からは後者、俺を刺した場所からは前者。
彼が二つの事件を繋《つな》ぐ鍵になるかもしれない。
狭い路地を通りながら街に存在する開けた場所を思い付く限り探す。
二時間ほど探したが、轟は見つからなかった。
彼とは武道館で顔を合わせる程度の知り合いでしかない。
武道館と言えば、隣に球場があったな。
開けた場所ではあるが、比較的街中だ。流石《さすが》にそこで犯行は行わないだろう。
そうは思いながらも車を走らせる。
球場は午前三時に近い時間だというのに、ライトが点《つ》いていた。
ナイターをやっているわけもなさそうだ。
不思議に思いながら、球場へと足を踏み入れる。
明るく照らされたグラウンドの真ん中当たりに、ナニカがあった。
直感でそれが好ましくないものだとわかる。
近づくと案の定、それは人の死体だった。
三件目の死体と同様の圧死体。
なぜか剣道着を着て、傍らには砕けた日本刀が落ちている。
これは轟なのか？
顔は潰れ、身体も骨などが飛び出してかなり形が変わってしまっている。本人だと特定するようなものはない。

ただの勘だが、なんとなくそう思った。

第一発見者になっちまったわけだ。

報告義務に則《のっと》り署に連絡を入れようとして、手を止める。

これが轟だったとしたら、まだ死後数時間だ。

もしもこの状態で紗那《さな》に見て貰《もら》えれば有力な情報を得られるのではないか？

連絡を入れれば、現場検証など諸々《もろもろ》が終わり紗那に見て貰うのはいつも通り一日以上後になってしまうだろう。

まだ三時だ、球場の死体が他の人間に見つかるまでは時間がかかるはず。

やってみる価値はある。

問題は紗那が起きているかどうかだな。


彼女の住んでいるのはここら辺でも有名なボロアパートだ。

今では懐かしい造りの二階建てアパートその角部屋。

当然チャイムのような便利なものはなく、直《す》ぐに壊れてしまいそうな扉を叩《たた》くしかない。

新聞配達のバイクの音くらいしかしない早朝に、俺の扉を叩く音が響く。

誰に見られているわけでもないが、他人から見れば完全に不審者だ。

「紗那、俺だ起きろ」

一分ほど叩《たた》き続けて、部屋の中から硬い何かが倒れる音がした。

「あー」

紗那《さな》の声が聞こえて、明かりが点《つ》く。

歩く音と、物が倒れる音がほぼ交互に聞こえ、扉が開いた。

「なにー重護《じゅうご》？」

寝ぼけた顔の紗那は下着姿で立っている。

まだ日焼けの消えない黄金色の肌に、上下白の下着が浮かぶように目立っていた。

「おまっ、服くらい着てから開けろ」

幼馴染《おさなな じ》みで紗那とは言え一応年頃の女性だ、こっちの方が気を遣う。

「んー、重護ならいいかなぁって、それより起きたんだぁ、知海《ちひろ》ちゃん心配してたでしょ」

「その話は後だ、お前に見てもらいたい場所がある」

「今から？」

「ああ、準備してくれ」

「ふぁぁ、重護も人使いが荒いねぇ、上がって」

大きな欠伸《あくび》をして、紗那は部屋の中へと進む。

そのたびに、何かしらに当たって、何かしらが倒れる。

「上がるって言ったたってな」

紗那の部屋は文字通り足の踏み場もない程に、様々な物で溢《あふ》れていた。

その大半が日常生活で目にしないような、骨董品《こっとうひん》的な人形だったり、用途のわからない石像だったりだ。

彼女の集めている呪術具なのだろう。

そして、恐らく彼女が万年金欠である理由だ。

「あー床に置いてるのは、そこまでガチじゃないから大丈夫だよ」

「呪術具ってやつか」

「そうそう、そこら辺のいかにもって感じのやつは儀礼用とかで、想《おも》いもあんまり残ってないから」

着替えながら、紗那は度々床にあるその、いかにも、という人形とかに躓《つまず》いている。

「なんでこういうの集めてるんだ」

蓼食《たでく》う虫も好き好きと言うが、流石《さすが》にこの趣味は理解できない。

「ガチじゃなくても欠片《かけら》は憑《つ》いてたりするし、見えるからねぇ、放《ほう》っておけないじゃん」

紗那の言う放っておけないが収集欲なのか一般人に対する配慮なのかわからない。

「それに、ガチのは流石にちゃんと管理してるよ」

「あるのか、ガチの」

「滅多《めった》にだけどね、ネックレスとか指輪とかそういうのが多いかな、身につけるものってどうしても想いが憑きやすいからさ」

軽く言った紗那《さな》は、いつものワンピースを着てやはり眠そうに目をこすった。

「ふぁぁ、急いでるっぽいし、行こうか」

「準備、もういいのか」

「重護《じゅうご》以外に会うんじゃないなら、これでいいよ」

俺の経験上女性の準備っていうのは短く見積もっても三十分はかかると思っていたが、なるほど、俺が意識されていないだけらしい。


「悪いな、どうしても早くお前に見て貰《もら》いたかった」

「それはさっきも聞いたけど、いいの？　報告する前に見ちゃって」

「あんまりよくはないが、どうしても手掛かりが欲しい」

「不良刑事だ」

「お前に現場を見せている時点で不良刑事だろ」

「それもそうだね」

相変わらず眠そうな紗那は緊張感なく球場へと入っていく。

「結構死体エグいぞ、覚悟しておけ」

「大丈夫、慣れてるから」

どう慣れているのかはわからないが、紗那は圧死体を見ても確かに顔色一つ変えなかった。

「確かに、エグいねぇ」

そう言いつつ紗那は死体の傍らに座って、目を閉じる。

そして、直《す》ぐに目を開けた。

「右手」

「ん？」

「なんだろ、すっごく強く右手って想《おも》いが残ってる」

「右手？」

死体の右手を見るが、特になにもない。

「死ぬ間際まで右手のことを考えてたみたいだね、よくわかんないけど、言葉としてかなり鮮明に残ってるし、イメージとしても右手が見えるかな、多分女性のだと思う」

「女性か、それは犯人のものと考えていいのか？」

「たぶんね、細くて綺麗《きれい》な手だよ」

紗那が犯人の人物像に繋《つな》がるものを見るのは初めてだ。リスクを負っても連れてきて正解だった。

「加害者側はなにかないか？」

「殺した側は、罪悪感みたいなのを感じてたみたい、ごめんなさいって、でもこれといって映像としてのイメージはない、元々生きてる人間のってそこまで残らないし」

「そうか」

「あと、ちょっと待ってね」

そう言って、紗那《さな》は再び目を閉じた。

「えっ、なんて？」

そして、目を閉じたまま口を開く。

「どうした？」

答える代わりに紗那は人差し指を口の前に置き、俺に黙っているように促した。

「えっ、葬式？」「それは、誰の？」「自分のって、未来予知的なそれ？」「うん」「そうじゃなくて」「うん」「ん？」「んー」

何度か頷《うなず》いて、紗那は目を開く。

「うーん、やっぱ変だよ最近の事件」

「なんだったんだ、今の」

「もう一人と話してた、かな？」

「もう一人って、誰だ？」

「わかんないよ、ずっと前あったじゃん、なんか怨念みたいなの感じたってこと」

「そういえば言ってたな……赤根凛空《あかねりく》の時か」

「そう、あの時はあんまり自信なかったけど、今回ので確実にもう一人被害者の側で誰かこの場にいたって言える」

「それで、そいつはなんて言ってた」

「自分の葬式を見たって、泣いてたのが意外だったたって」

自分で言いながら紗那は首をひねる。

「自分の葬式？」

「そう言ってたし、でもこっちの話には答えてくれなかったよ、想《おも》いだけが残ってるって感じでさ、会話になんなかった、後半は聞き取れなかったし」

「しかし、もう一人って言っても、俺が見つけた時は既にこいつだけだったぞ」

「うん、だってそのもう一人まだ生きてるもん」

「どういうことだ？」

「どういうことかはわかんないけど、この念の残り方は死んだ人っていうより生きてる人の残り方だよ、身体が生きてるのかってのはわかんないけど、少なくとも霊としてはまだ生きてる」

「おいおい、オカルトかよ」

「私にサイコメトリー頼んでる時点でオカルトでしょ」

紗那にそんな自覚があったとは少し驚きだが、そんなことを言っている場合ではない。

「まぁな」

「でも、オカルトって言えば、重護《じゅうご》も薄々感じてたんでしょ」

俺を見透かすような目で紗那は微妙に笑う。

「この事件がなにか特別な力で起こされてるってことだな」

それはできれば考えたくない可能性だった。

一件目の綺麗《きれい》な死体が出た時点で僅かに頭の中にあったが、そうでないことを祈っていたと言ってもいい。

警察や司法ではそんな特別な力によって起こされた事件に対応できないことは明白だ。

「でも、力を持った人がこんなに大々的に事件を犯すなんて」

珍しく深刻そうな顔で紗那《さな》は考え込む。

「普通は力があることがばれないように生きるものなのにさ」

自分のことを棚上げしているような気もするが、まぁ紗那のような力ならまだ世間的な認知度があるからいいのかもしれない。

逆に知海《ちひろ》のような力は一般に知られれば、それだけで大騒ぎになるだろう。

「だろうな」

《七月二十二日月曜日》

「のこ、もる」

まるでそれだけでは意味がわからない。

名前のようにも聞こえなくはないが。

「どうしたんですか、月摘《るつみ》先輩？」

俺の呟《つぶや》きが聞こえていたようで、隣でタチバナが首を傾《かし》げた。

「いや、なんでもない」

「最近、月摘先輩なんかおかしいっすよ、メールくれたと思ったら音信不通になるし、メールの内容もおっかなかったし、そしたら今度は第一発見者になってるし、見つけた死体は轟《とどろき》のものだし、俺が名探偵じゃなくても月摘さん怪しいって思っちゃいますよ」

「それを本人に言うなよな」

「違うって思ってるから言うんっすよ」

タチバナに送ったメールは「轟に刺された、あいつが犯人だ」というもの。

死体は直感の通り持ち物などから轟と断定され、更に赤根凛空《あかねりく》の殺人現場で発見された衣類片は轟が死亡時着ていた胴着のものと一致。

まぁ、確かに怪しい。

署に対する説明も色々と面倒だった。

「それで、さっき言ってたのなんですか？」

「気にしなくていいぞ」

のこ、もる、それは紗那があの場で霊から聞いた言葉の断片だった。

自分の葬式を見たと言った霊の残した言葉。

紗那には悪いが、これだけでは事件の解決にはとても繋《つな》がったりはしないだろう。

そもそも、自分の葬式を見た奴《やつ》が生きてるっていうのも意味不明だ。

解決の鍵になるはずだった轟も死んで振り出しに戻ったような気分だ。

唯一、俺が握っている鍵と言えば加害者が女性ということだけ。それだって、他の人間と共有するわけにはいかないからもどかしい。

「先輩見てくださいよ」

ケータイをいじっていたタチバナが俺に画面を見せてくる。

「お前、勤務中にケータイをいじるなよ」

「情報収集ってやつっすよ、もう直《す》ぐ勤務時間終わりますし」

画面には「指輪を探しています」といったような文章が画像付きで表示されていた。

「これがどうかしたか？」

「ほら、位置情報がこの街なんっすよコレ、割と拡散されてて、コメントもついてて、みんなで情報持ち寄って指輪探してるんっすよ、人間捨てたもんじゃないなぁって思いません？」

タチバナが画面を下に動かすと、色々な言葉が並んでいるのが流れた。

最近話題のＳＮＳとかいうやつだろう。

「いいことだが、事件と関係あるか？」

「ないっすね」

悪びれる様子もなく、タチバナはケータイをしまった。

「お前なぁ」

「最近気が重くなるような話しかないっすから、息抜きですよ、殺人事件ばっか追ってるとおかしくなっちゃいますって」

やり方は微妙だが、タチバナなりに気を遣ったらしい。

「見回り出てくる、そのまま直帰するからお前も適当なところで休めよ」

「はい、お疲れ様っす」

ほんの少しだけ軽くなった気持ちで署を出る。

二体目の死体が出た当たりから夕方から夜にかけての巡回が始まっていた。

轟《とどろき》の件で事件は二桁に届き、その巡回はさらに強化されることになった。

具体的には今まで免除されていた刑事課からも当番で仕事が回ってくることになったわけだ。今までも自主的にしていたからそれに関して不満はない。

問題は犯人が俺の考えているような特別な力を持つ者だったとき、この巡回に意味があるのかという点だろう。

まぁ悩んでも仕方ない。

対象地区へと車を走らせ、速度を落としてゆっくりと見回る。

十七時過ぎ。いよいよ夏本番が近づいて来て学校は先週末から夏休みに入っている。例年なら太陽さえまだ白いこの時間、夏を謳歌《おうか》する子供たちが走り回っているのだろうが今日は誰もいない。

明らかに事件の影響だ。

捜査は完全に暗礁に乗り上げている。

各現場で全く手掛かりがないわけではない。しかし、それらの点を結びつける線はどこにも存在しないように思えた。

大迫祐樹《おおさこゆうき》の死体から始まった変死事件では、毎回手口が違いすぎて犯人像の特定さえ行われていない。被害者の傾向も統一性なく、そもそも被害者がなぜ現場に行ったのかすらわからないものが大半だ。

綺麗《きれい》な死体事件は、手口こそ統一されているが、その手口の特定はされていない。被害者が揃《そろ》って抵抗した痕跡を残していないことから、当初は顔見知りの犯行や薬物が疑われたが、今ではどちらの線も消えている。

そもそも、二つの事件を別として俺は見ているが、それが正しいのかすら署内でも意見が分かれていた。

しかし、本当に誰もいないな。

しばらく車を走らせたが、人っ子一人いない。

左手に見えてきた運動公園も普段なら草野球の少年たちかゲートボールの老人たち、ランニングの若者辺りが居るはずだろうに閑散としている。

寂しいものだと思い通り過ぎる途中、一定の音階で響く音が車の窓越しに聞こえてきた。

窓を開けるとむせ来る湿気と同時にハッキリと笛の音が運動公園の方向から聞こえてくる。

駐車場に車を止めて運動公園に入るとその音はより一層ハッキリと聞こえた。

音に導かれるままに歩いて行くと、掲揚台と一緒になったコンクリート製の表彰台に制服姿の女子が細長い笛を持って立っている。恐らく高校生だろう。

「こんにちは」

近づきながら声をかける。

正面から近づいたにもかかわらず、彼女は俺の声に驚いたように身体を震わせて、笛を吹くのを止《や》めた。

「こんにちは」

彼女は小さな声で挨拶を返す。

「驚かせてしまったな、すまない」

「あっ、いえ」

緊張しているようで、彼女は両手で笛を胸の前に持ってきつく握っている。

まぁ知らない男に声をかけられれば驚くのも無理はない。

「怖がらなくていい、こう見えても刑事なんだ、あんな事件が続いているからね、見回りでここら辺を回っている、笛の音が聞こえたから入ってきたんだが、練習かな？」

近づくと、その様子から彼女が盲目であることがわかった。

あんな事件があって、盲目の少女が一人、公園で笛の練習というのも危険な気がする。

「あっはい」

なぜが少女は更に怯《おび》えたようで声が小さくなる。目が見えないから警察かどうかを判断することができず、警戒しているのかもしれない。

「まだ明るいが、犯人が捕まるまではあんまり夕方には出歩かない方がいいぞ」

「捕まるのでしょうか？」

「きっと捕まえてみせるよ」

「そう、ですか」

少女が少し俯《うつむ》いた。その反応になにか違和感を覚える。

「ここら辺だとまだ事件は起こっていないが、こういう開けた場所と路地で多いから気をつけて」

「どちらの事件も怖いですよね」

彼女の受け答えで違和感は更に強くなった。

これまでに見つかった死体は十体。内、綺麗《きれい》な死体と呼んでいる外傷がないものが四体、死因が様々で変死体と呼んでいるものが六体。

俺は別の事件と考えている二件だが、一般には一つの連続殺人として報じられているはずだ。

俺の言い方も悪かったが、それに対して「どちらの」という答え方は、明らかに二つの事件を別に捉えている。

「念のために聞くが、事件に関連しそうな情報とか知らないかな？」

「いえ、知りません」

少し俯いたまま、表情を変えず笛を握る手を少し強めて彼女は言った。

明らかに、緊張している。

だが、違和感だけではどうすることもできない。単に、知らない男に声をかけられて緊張しているという可能性だってある。

「そうか、変なことを聞いて悪かった、暗くなる前に帰った方がいい」

「はい」


「それはお兄ちゃんが悪いよ」

夕食の席で知海《ちひろ》が笑う。

仕事の話はあまりしないようにしているが、彼女と同じ年くらいの知海の意見を聞きたかったので、見回りの途中で出会った彼女を話題に出してみた。

「そうそう、重護《じゅうご》が悪い」

昨日の分を奢《おご》っていないということで強制的に参加して、あまつさえ焼き肉を要求してきた紗那《さな》は網の上の肉をじっと見つめながら言う。

恐らく、こいつは話を半分も聞いていないだろう。

「お兄ちゃん、声低くて大きいし」

「そう、か？」

「おっさん化してきたんじゃない？」

余程肉に対する執念が強いのだろう。紗那《さな》は俺に顔も向けない。

「いや、まだ俺二十代だぞ」

「あー、それわかる、お兄ちゃん最近おっさんぽい行動が多い」

「ちょっとまて、知海《ちひろ》」

紗那に言われるのは流せるが、知海に言われるのは流石《さすが》に傷付く。

「さっきも、おしぼりで顔拭いてたし」

「いや、それは」

思えば、無意識にしていたような気もする。

「靴下、半分だけ脱いでるでしょ」

肉から目を離さないのに、まるで見ているように紗那も付け足す。

「あー、ホントだ」

わざわざ知海が覗《のぞ》き込んで、確認した。

これに関してもほぼ無意識だ。

まさか、本当に俺はおっさん化してきているのか。無自覚だっただけに衝撃が大きい。

「あはは、そんな顔しないでよ冗談だって、おっさんになってもお兄ちゃんはお兄ちゃんだよ」

余程、俺が深刻な顔をしていたのか知海は楽しそうに笑う。

「まぁ、それはそれとして」

笑いながら、流れるような動作で知海は箸を手に取った。

「お肉は貰《もら》った」

知海の箸が紗那の見ていた肉へと伸びる。

「ダメだよ、知海ちゃん」

それが、肉に届く前に紗那の箸が肉をさらった。

「あー、じゃあお兄ちゃんの貰う」

俺が止める間もなく、知海の箸が俺の肉をつまみ上げる。

「なっ、知海」

まぁ可愛《かわい》いから許そう。

それにしても、事件当初から比べると随分知海も元気を取り戻して来た。先週からは学校にも行き始めたらしい。

きっと、まだ無理をしている部分はあると思うが、この笑顔を守りたいと思った。

六章 牟田彰一

Grab your desires with your own hands.

《七月二十三日火曜日》

ファミレスってのは俺らみたいな学生が溜《た》まるにはちょうどいい。涼しいし、ドリンクバー飲み放題だし。角席なんて最高だ。

だから今日もファミレスにいるわけだ。昼前だし平日だから俺ら以外に客はほとんどいない。斜め前の六人掛け席に暇そうなジジイたちと、反対側の角席に暗そうなメガネが一人座ってるだけ。まぁ平日とか昼前とか、もしかしたらあんまり関係ないのかもしれないけど。

　これだけ空いてたら誰も俺らの話なんて聞いていない。

「ったくよぉ、なに死んでんだよ轟《とどろき》」

バカってのは俺みたいな人間のことじゃなくて、あいつみたいな奴《やつ》のことを言うんだ。俺の誘いに乗ってればどうにかなったかもしれねぇのにさ。なにが質実剛健だよ、俺なんかよりあいつの方が狂ってた。

　一人増えたと思ったらこれだよ、ったく使えねぇ。

「んでもさぁ、ムタぁ、どうすんだよ」

何も考えていなさそうなヨウマがぼんやりとした声を出した。

「お前も考えろ、バカ」

SNSに指輪の画像を貼って、異能者を探そうってのは俺のアイデアだった。

「野間《のま》さんはなんか思い付きました？」

その結果、引っかかったのがこの冴《さ》えないサラリーマン。さっきからスマホちらちら見て、生き残るより仕事をサボったことの方が気になるらしい。

「い、いや、特にはないかな」

「レンは？」

「俺も、特に」

作戦会議なんて言い出したのはこのレンの野郎だったけど、俺以外がまともなアイデアを出したことはない。

「マジで、お前ら考えてんの？」

「考えてるってぇ、これでも知り合いとかに色々聞いたりしてんだよ」

ヨウマは正真正銘のバカだ。

俺とヨウマ、レンが会えたのはその知り合いに聞くってやり方だった。

「その方法じゃもう見つからないから他の方法考えようって話だろ」

「でも、ぶっちゃけもう方法なくね？　異能者ですかぁって聞くわけにもいかねーじゃん」

「当たり前だろ、だからそうじゃない方法考えようって話だろうが」

マジでわかってんのか、こいつら。

あの轟《とどろき》が死んだってことは、あいつを殺せるだけの強さを持った人間が大会に参加してるってことだぞ。そんなのと当たったら俺なんかひとたまりもない。

俺だけじゃない。ヨウマもレンも野間《のま》もそれほど戦いに役立ちそうもないクソみたいな異能だ。

例えば、俺のは息を止めている間だけ存在感を薄くできる。こういう、暇なファミレスなら厨房《ちゅうぼう》まで入っていっても気付かれないだろう。万引きとかには割と使えた。でも、俺を知ってるやつとか意識してるやつには効き目が薄いし、戦っても指輪を奪うくらいしか勝ち目がない。

ヨウマだと触っているものの重さを変えられるってやつだけど、手を離したら意味がないらしい。重い物を持つには便利だけど、だからどうしたって感じだ。

そんな俺らだからこそ、協力して生き残る方法を見付けないといけないのに、こいつら全然わかってない。

「あの」

おどおどした感じで野間が手を挙げる。学校じゃねぇんだから、そんなんしなくてもいいのに。

「どうしました？」

「これ以上異能者を探すのは無理じゃないかな？」

　ヨウマとレンがバカなのは仕方ないけど、いい年した社会人までバカってどういうことだよ。

「あの、そういうのなにかアイデア出してから言ってもらっていいです？」

「すまない、でも正直牟田《むた》君の考えた指輪で探そうっていうのはとても有用だったと思うんだ、僕も実際それで君たちに出会えたわけだし、異能って言葉を使わずに、大会の参加者に呼びかけるにはあの方法以外考えられない、もちろん媒体を変えてそれは継続させるべきだと思うし、それで見つかればいいと思う」

　突然、野間は長々と話し出した。こんなに喋《しゃべ》れるなんて驚く。簡単な受け答えしかできないと思ってた。

「でも、あれだけ拡散された投稿で僕以外が見つからないってことは、他の異能者はそもそも接触を取りたいと思っていないのかもしれない」

「そうっすかね？　誰もこんな大会望んでないでしょ、死にたいやつなんていないと思うんですけど」

　まぁ轟みたいなバカを例外にすればってことだろうけど。

「そりゃそうかもしれないけど、僕だって君たちに連絡をするのはとても勇気が必要だったんだ、なにかの罠《わな》かもしれないとか思ったし、悪質ないたずらって可能性も考えた、そのリスクを他の異能者が取らないって選択をすることだってあり得るよね」

「リスクって、なにもしなきゃ死ぬんっすよ？」

「勝てるって考えてるのかもしれない、現に牟田《むた》君が誘ってた轟《とどろき》君だって強かったはずなのに殺された、そんな参加者がいるんだ、他の三人がみんなそうって可能性もあるよね」

残りの大会参加者は七人。弱いのばっかこっちに集まるなんてあるのか？

「んじゃ、どうするんですか？　このまま一人ずつ減ってくの待つんっすか？」

「いやそれは得策じゃない、少し調べてみたんだ」

野間《のま》はテーブルの真ん中、ポテトの隣に自分のスマホを置いた。

画面にはよくあるウェブサイトのまとめ記事が表示されてる。

「なんすか、これ？」

「世界で起こった失踪事件とか未解決事件とかまとめてるやつなんだけど」

メアリー・セレスト号、ロアノーク植民地、キャロル・ディアリング号、そんな感じの見出しが並んでいる。読むと、どれも未解決の大量失踪事件や殺人事件だった。古いものからけっこう最近のものまであった。

これが仮にあいつの仕業だったとして、それがどうしたって感じだ。

「大会じゃないじゃん」

ヨウマがポテトを食った手で、そのままスマホの画面に触ってスクロールさせる。

「でも、今回の大会も世間では連続殺人ってことになってるよね」

「まぁ」

「これらの事件もそうだったのかもしれない、それに他にもこういう記事もある」

画面についた油を拭き取って、野間は別の記事を出した。

今度は大量というわけではないけれど、行方不明から遺体が不可解な場所で発見された未解決事件がまとめられたものだ。

「なにが言いたいっすか？」

「僕たちが巻き込まれた大会が最初じゃないってことだよ」

まるで重大なことのような感じで野間は言うし、なにも考えてないらしいヨウマは驚いたような顔をしてるし、興味なさそうなレンはジュースを飲んだ。

「だから、どうしました？」

「いや、だから、あいつはずっとこんな感じの大会を続けてきたってことだよ」

「それと俺らが生き残れるかって関係あります？」

「少しあると思う」

そう言って、野間はスマホを操作してサイトを開く。今度はまとめサイトみたいな感じじゃなく、質素なもくじとそれに続く文字だけがならんだものだった。

「これ、僕が作ったんだけどさっきみたいな事件の中から特にあいつが関《かか》わっていそうなものをまとめたんだ、仮に関わっていたとしたらどういう行動を取ったのかとかも推測してある、当然今回の大会や異能についても書いてある」

「すげぇ、野間《のま》っちこういうことできる人だったんだぁ」

ヨウマが野間の横からスマホをもぎ取るようにして、画面を見たが「うげぇ、文字ばっか」そう言って、直《す》ぐに野間へと返した。

「まだ公開はしていないけど、これを交渉の材料に使えばいいんじゃないかな?」

「交渉っすか」

「牟田《むた》君だって最終的にはあいつを説得するつもりだったんだよね、今残っているのは七人、そのうち四人が大会に反対してる、過半数を既に超えているんだ、これ以上集めなくても話し合いに持って行くことはできるんじゃないかな」

人数の話は俺も轟《とどろき》にした。

四人。これだけ揃《そろ》ったのも考えてみれば奇跡みたいなもんだ。

「それにこの情報、あいつがどんな異能を持っているのかは知らないけどこの情報化社会で一度情報が拡散されたらもうオシマイだよ、これを使ってこの大会を終わらせよう」

話し合いでの解決は確かに一番良い形だ。いくら賢者の石が集まったからって、元々の異能が弱い俺たちじゃ勝てるかわからない。そもそも、俺はビビリなんだ、できれば戦いたくない。

「でも、交渉って言ってもどうするんっすか、あいつの居場所とかわかんないでしょ」

「彼と確実に会える場所があるじゃないか」

「対戦か」

ようやく口を開いたレンがいまさら当たり前のことを言った。

「そう、僕たちは四人もいるんだ、誰かが当たれば場所もわかる、そこに集合すればいい、上手《うま》くすれば対戦相手も仲間に加えることができる」

「いいじゃん、やるね野間っち」

ずっとポテトを食ってるだけだったヨウマが野間の肩に手を回す。

「俺も賛成」

そう言って、レンはコップを持ってドリンクバーへと向かった。

「牟田君はどう思う？」

「いいんじゃないすか」

なにかが抜けているような気がするけど、同じくらい上手くいきそうな気もする。

「はぁ、頭使ったら腹減ったわ、なんか頼もうぜ」

まるで頭を使った気配を感じられないヨウマがメニューを開いた。

「お前、ずっとポテト食ってたろ」

「あんなんじゃ、腹は膨れねぇって」


それからはだらだらとだべって、俺らはゲームして、その隣で野間はサイト作って、ついでに夕飯まで食ってからファミレスを出た。ドリンクバー飲み放題に充電もできて、飯も出てくる、マジでファミレスは最高。

「野間《のま》っちあんがとね」

「ごっそさん」

奢《おご》って貰《もら》えるとさらに最高だ。

「まぁ、社会人だからこれくらいは」

いつの間にか外は暗くなってた。時計を見ると十時を回ってる。昼前からいたから、半日以上はファミレスにいたことになる。まぁ、カラオケのフリータイムでもそんくらい遊ぶしそんなもんか。

夜になると、最近の街はマジで人が歩いてない。

祭りとかも中止になったりしてるし、俺らのためだけじゃなくこの街の為《ため》にも大会なんて終わらせたほうがいい。まぁ一番は俺が死にたくないってことだけど。

それにしても、こう人がいない夜の道を歩いてると深夜じゃないのに深夜っぽい感じがしてへんな感じだ。夜間徘徊《はいかい》なんて最近はあんまりしてないし、懐かし。

「おーい、おまえらなにしてる」

そうそう、徘徊してるとこんな感じで警察のおっさんに声をかけられた。って、思い出じゃなくてマジで声をかけられてる。

振り返ると、懐中電灯の光が俺らを照らしていた。まだ夜間取り締まりとかの時間じゃないだろ。

「やべっ」

なにも悪いことはしていないのに、ヨウマが小さく声をあげた。

バカが、こういう時は堂々としとけばいいんだ。

「ん、牟田《むた》じゃないか」

俺の顔を懐中電灯で照らしたやつが言う。こっちからは眩《まぶ》しくて見えない。

「もしかして、おっさん？」

ただ、その声には聞き覚えがあった。

「誰がおっさんだぁ、酒井《さかい》巡査って呼べって言っただろうが」

おっさんは近づいて来て懐中電灯を外す。思った通り、昔、よく夜にうろうろしてた頃世話になってた警察のおっさんだった。もう結構な歳《とし》で抜けてるところもあるが、割と仕事熱心なおっさんだ。

「なんだ、びっくりさせるなよなぁ」

「こんな場所でなにしてた？」

「なにって、普通に帰りだよ、おっさんこそなにしてるんだよ、まだ十一時までは少しあるぜ」

「最近なにかと物騒だからなぁ、見回り強化ってんで回ってるのよ」

「そりゃ、ご苦労様」

「お前も気をつけろよ」

そう言って、おっさんは懐中電灯でヨウマたちを照らす。

「友達か?」

「じゃなきゃなんなんだよ」

そう言うが、まぁ俺らの中だと野間が明らかに浮いてる。俺らが絡んでるとか思われたら厄介だ。

「ゲームで知り合ってさ、ほら揃《そろ》いの指輪してんだろ」

咄嗟《とっさ》に指輪を見せる。

「指輪ねぇ」

「そう仲間の証ってやつ、おっさんもスマホゲーとかしないの？」

俺の説明に納得したのかおっさんは「ふーん」と頷《うなず》いた。

「そういうのでなぁ、そういうのはよくわからんからなぁ」

「面白いからすればいいのに」

「いやぁ、俺はいいよ、まぁ気をつけて早く帰れよ」

特に問題がないと思ったのか、おっさんは立ち去る素振《そぶ》りを見せる。最近じゃ俺も昔に比べれば素行が落ち着いたからそのおかげってやつだろう。

立ち去ろうとするおっさんを見送ろうと、手を挙げかけて、俺は閃《ひらめ》いた。

「ちょっと待ってくれ、おっさん」

我ながら冴《さ》えてる。

他の奴《やつ》はなんで俺がおっさんを引き留めたのかわからずに、変な顔をしていた。これだからバカはいけない。

「どうしたぁ？」

「野間さん、あのサイトのＵＲＬ」

「えっ、でもまだ公開設定していないし、教えるの？」

「保険だよ、これがあればあいつは俺らに手出しできないだろ」

それで野間はわかったのか、スマホを開く。

「どゆこと？」

ヨウマはわからないみたいで首をひねっていた。

こいつは無視していい。

「おっさん、なんか書くもの持ってないか」

「あるぞ、俺は手帳をいっつも持っててなぁ、毎日細かぁく色々メモしてんのよ、少し前はお前のことばっか書いてた時期もあったなぁ、ホントお前が更生してくれて嬉《うれ》しいよ」

どうでもいいことを話しながら、おっさんはズボンのポケットからボールペンの刺さっているメモ帳を取り出した。

「貸してくれ、野間さんはＵＲＬ読み上げて」

読み上げられるＵＲＬをおっさんの手帳へと書いていく。

「それは、どういうアレだ？」

「今はまだ何も言えないけど、俺らになにかあったらそのサイトを拡散してくれ、って拡散ってわかんねぇか、あーあれだ、それを他の警察のやつらに見せてくれ」

「なにかって、なにがあるんだ」

「いや、まぁほらさ、色々物騒だろ、だから万が一ってやつで、一応覚えておいてくれよ」

「縁起でもねぇこと言うなよなぁ、ほらさっさと帰れ、親御さん心配してんぞぉ」

「わかったって、そのメモ忘れないでくれよ」

「忘れんて、記憶力はいい方だからなぁ」

おっさんと別れて、歩き出す。

これでいい。万が一なんて絶対にない方がいいけど、これであいつに対抗する札が少しは強力になったはずだ。

「なぁムタぁ、なんで警察になんかサイト教えたんだよ」

まだわかっていないらしいヨウマはスマホを見ながら、俺の横を歩いている。

「お前、マジでバカだな」

「あぁ？」

ムカついたらしいヨウマがスマホから顔を上げた。

ここまでバカだと説明してやっても理解できるか謎だ。

「だから、あのおっさんが」

しかし、俺の説明は直《す》ぐに別の声に遮られた。

「やぁ、君たちこんなところで奇遇だね」

俺らの進行方向、暗闇の中から聞き覚えのある子供の声が聞こえる。

足音が近づき、街灯にその姿が照らされた。

「異能者が四人も集まって、お祭りでもあるのかな？」

「和抄造《にぎしょうぞう》」

一気に空気がピリつく。

「そう構えなくてもいいだろう、君たちが知り合いだったとは驚いたよ、知り合い同士で戦うなんて悲劇的じゃないか、そういう悲劇は少ない方がいいと思わないかい？」

絶対に考えてないようなことを和抄造は言う。こんなガキが、どうしてこんなに怖いのかわからねぇ。

「なんの用だよ」

ヨウマが噛《か》みついた。

このタイミングで俺らの前にこいつが現れる理由なんか一つしかない。流石《さすが》のヨウマでもそれはわかっているんだろう。スマホをポケットにしまう。

「用がないわけじゃないんだが、そう急《せ》くものでもないだろう、大会のクジ引き以外でこうやって会えるのも珍しいじゃないか、少し話しでもしないか？」

「話すことなんてないだろ」

「そうかな？　あると思うが、どちらにしても立ち話もなんだ、どこか腰を落ち着けることのできる場所があるといいな、この時間だと、ファミレスなんてどうだい？　それとも、今日は居座りすぎて満足したかな？」

「見てたのか」

レンが身構える。レンのは俺らの中じゃ比較的戦いに向いてる異能だ。だが、戦うのは最後の手段だ。俺はレンの裾を引っ張って止める。

「そう怖い顔をしないでくれたまえ、偶々《たまたま》見かけただけだよ、知識に関する異能は残念ながら持っていなくてね、君たちを見付けるのには色々と苦労したよ」

こいつの言うことが本当かどうかはわからないが、そうだと願いたい。

「それで、用ってのはなんだ？」

「なに、大したことじゃないさ、こう長く大会をやっていると反乱なんて考えるものも十数回に一度は出てくるからね、君たちのように徒党を組んでというのは実に珍しいが」

「知ってるから来たってのは流石《さすが》に俺でもわかるよ、それで俺たちをどうするつもりだ？」

「どう？　変なことを聞くね、しかしまぁなんだ、こんなところじゃなにかと手狭だろう、少し場所を変えようじゃないか」

和抄造《にぎしょうぞう》が手を叩《たた》く。

湿っぽい風が俺の頬《ほお》を撫《な》でた。

さっきまでいた場所とまるで変わっている。

点在する灯《あか》り、足下に引かれた白線、開けた視界、高い視線。

ワープみたいなこともできるのか。

「んだよ、ここ」

「屋上か」

「駐車場じゃないかな」

ヨウマ、レン、野間《のま》がそれぞれ戸惑ったように言う。立ち位置はワープする前と変わらないから、そのまま連れてこられたらしい。

辺りを見回して、その風景になんとなく見覚えがあった。

「ショッピングモールだろ?」

「ご明察、その屋上駐車場だよ、閉店時間が早まっていてね、この時間でも誰もいないから好都合だろう?」

対戦の会場として考えてた場所に決まってる。広さといい、人気《ひとけ》のなさといい、まさにうってつけってやつだ。

「ここでやろうってつもりか?」

こんなに蒸し暑いのに鳥肌が立っているのを感じる。マジで最悪だ。

「端的に言うとそうだね、あまり乗り気じゃないんだが、致し方ない」

「乗り気じゃないなら、止《や》めとかねぇか」

「すまないが、そういうわけにもいかなくてね」

「本当にいいのか、俺らは四人だぜ」

「た・っ・た・四人だろう」

こうして敵として目の前に立たれると、轟《とどろき》の言っていたことがわかる。たぶん、俺らじゃ束になってもこいつには勝てない。

絶対に戦っちゃダメだ。

「わかってねぇな、あんた大会の主催者だろ参加人数くらい覚えとけよ、残りは七人しかいねぇんだ、その内の四人が俺らだ、過半数だぜ、俺らがいなくなってまともに大会が続けられるのかよ」

「なるほど、それは少し興味深い視点だね」

少し考えるように和抄造《にぎしょうぞう》は顎に手を置いた。

「しかし、まぁ構わないだろう、大会が短くなってしまうことは残念と言う他ないが、人数の多寡は然程《さほど》重要でもない」

こいつは俺らの命なんかなんとも思ってない。いや、俺らだけじゃなく、大会に参加した誰の命だってどうでもいいと思ってやがる。

この手じゃダメだ。

「まぁあんたならそう言うと思ったぜ」

「そうかね、では始めようじゃないか」

「いや、まだだ」

俺らには切り札がある。やっぱりなにか抜けてる気がしたが、そんなこと気にしてる場合じゃない。

目配せをすると、野間《のま》は頷《うなず》いてスマホを取り出した。

「こいつを見ろ、今回の大会のことだけじゃなく、これまであんたが関《かか》わっただろう事件についてまとめたサイトだ」

流石《さすが》の和抄造もこれがあれば俺らに手出しはできない筈《はず》だ。

「俺らになにかあった時にはこれが世界中に拡散されることになってる、そうなったら困るだろ？」

ヨウマは結局理解できていないみたいだが、この情報が俺らだけじゃなくおっさんの手にあることが大きな意味になる。

この場で俺らを殺して、野間からスマホを奪うことは簡単だろうが、俺らが死ねば情報がおっさんの手で拡散される。だから、こいつはここで俺らを殺せない。

「ああ、それか」

和抄造はため息を吐いた。

「それが問題なんだ、ただ群れるだけの謀反なら見逃せたのだけれどね、まったく不便な世の中になったものだよ」

俺の横をなにかが通り過ぎた。

「がぁっ」

声にならない声に左を向くと、野間《のま》が右手を抱えてうずくまっていた。その肘から先がなくなっている。

「お前っ」

「最初に言っただろう？　いや、言っていなかったか、どちらでもいいが言われなくてもわかりそうなものだろう、この大会や異能の存在を公表しようとすればどうなるかなど、君たちはそれでも異能者かね」

言い終わるのと同時に、和抄造《にぎしょうぞう》の周りになにか白い塊がたくさん浮かんだ。

「おいっ、わかってんのかっ！　俺たちになにかあったら」

和抄造は答えない。

ただ、どうでもよさそうな目で俺たちを見るだけだった。

クソッ、やっとわかった。なにが抜けてたのか。

こんな大会をずっと続けてきたやつが、それを未解決事件として片付けて来たようなやつが、こんな街中で俺らに殺し合いをさせるようなやつが、それを処理する術《すべ》を持たないわけがなかった。

やっぱ、俺もバカだったな。

七章　月摘重護３

Grab your desires with your own hands.

《七月二十四日水曜日》

「今回のは特に酷《ひど》いっすね」

現場を見たタチバナが半笑いで呟《つぶや》く。

「そうだな」

毎週必ず死体が見つかるような状況で、タチバナだけでなく署の誰もがそれに慣れてしまっていた。本来なら殺人現場で半笑いなどしようものなら、叱責ものだ。

「複数人っていうのは初めてだな」

通報があったのは今朝早く。

既に遺体の収容が終わっている現場はそれでも、生々しい血の跡と臭いがこびりついていた。

「やっぱり四人だったそうっすよ」

「検死出たのか」

「まだパーツでの数合わせだけだそうっすけど、きっちり四人分だったんで多分そうだろうって言ってました」

「そうか」

直接見たわけではないが、今回の遺体は酷《ひど》い状態だったらしい。複数人分の手足、胴体や頭がバラバラにこの現場に散らばっていたと言うから、収容するのだけでも大変だっただろう。

現場はショッピングモールの屋上駐車場。営業時間と発見時間から考えて、深夜の犯行だろう。派手に暴れたらしく、転落防止のフェンスは吹き飛び、コンクリートには穴が開いている。しばらくは使用中止になるだろう。

「このパターンで週末じゃないのは初めてだな」

「そうっすね」

《七月二十五日木曜日》

「月摘《るつみ》先輩、事件前に被害者たちに会ったたって巡査がいましたよ」

内線を取ったタチバナが眠そうな目で言った。

前日発見された被害者は検死の結果、牟田彰一《むたしょういち》、広中陽真《ひろなかようま》、持田蓮《もちだれん》、野間壮也《のまそうや》の四名とわかっている。牟田、広中、持田の三名は学年や学校が違うが高校生。野間だけは二十四歳会社員だった。

今までの所この四人の関係性は明らかになっていない。

死因は不明。藤川《ふじかわ》さん曰《いわ》く「損傷が多すぎてわからんが、間違いなく死んではいるな」との事だった。

確かに見せて貰《もら》った死体は酷い状態で、縫合すらできずに遺体毎に一応死体の形に並べられた四体があるだけだった。

「よし、話を聞きに行くか」

「……はい」

タチバナの返事はいつもより一拍遅く返ってくる。疲れているのも無理はない。ここしばらくまともな休みもなく、昨日も徹夜だった。

「その前に、顔洗ってこい」


「それで、そうそう牟田の話だったねぇ、牟田は中学の頃は悪ガキで有名でさ」

酒井《さかい》と名乗った巡査はおよそ二十分の世間話の後ようやく本題に入った。なんでも十年近く同じ交番に勤めているらしく、この地区の住民とも仲がいいらしい。

「はい、牟田はこの近くに住んでいましたよね」

「そう、そこの道真《ま》っ直《す》ぐ行ってカーブミラーあるでしょ、あそこで右、それで三軒目が牟田さんの家、一人息子だったからなぁ」

語尾をため息と交ぜるように酒井は深い息を吐いた。

「ホント、気の毒だよ、最近やっと真面目になったたって喜んでたのになぁ」

「事件前に牟田《むた》たちと会ったということですが」

「ああ、何日か前つい最近だったなぁ」

いいながら酒井《さかい》は取り出した手帳をめくる。

「二十三日だ、二日前、そうそう夜に歩いてたんだよ、てっきりまた悪い癖が再発したのかと思ってさ、中学までのあいつは本当に酷《ひど》くって万引きに徘徊《はいかい》とかで何回相手したかわかんないくらいでさ、それがスーツ着た男を学生三人が取り囲んでるから、オヤジ狩りでもしてんじゃないかって声かけたんだよな、あん時俺がもっとしっかり言っとけばなぁ、家まで送っていくくらいすべきだった、そうすりゃあの子は」

酒井はうなだれ、その目尻は僅かに湿っていた。

彼の後悔は同じ警察としてとてもわかる。新しい犠牲者が出る度に、先に犯人を捕まえられていればといつも思う。だが、後悔しても事件が解決するわけではない。

「その時、牟田と一緒にいたのは彼らですか？」

準備していた被害者たちの写真を酒井に見せる。

「さっきも聞かれたけどそうだったと思うよ、なんでもゲームかなんかで知り合った友達とか言ってさ、揃《そろ》いの指輪とかしちゃってさぁ」

「その時、変わった様子などはありませんでしたか？」

「特にはなかったねぇ……いや、変なこと言ってたな」

酒井は考えるように毛量の少ない頭をかいた。

捜査は進みそうで進まない。

牟田たちの周りに話を聞いても、最近牟田、広中《ひろなか》、持田《もちだ》がよく一緒にいたことは事実だった。ごく最近そこに野間《のま》が加わったらしい。しかしそれ以上の情報は得られなかった。

そして今。

昨日の夕方から今日の夕方にかけて降り続いた雨のせいでむせかえるような湿気の中、俺と紗那《さな》はショッピングモールの屋上にいた。

一日経《た》ち、雨で洗い流され血の臭いは随分とマシになっているが、跡は雨で灰色がかったアスファルトでもしっかりとわかる程度に黒く残っていた。むしろその範囲が広すぎて雨の跡と見間違う程だ。

「これは、うわぁって感じだね」

現場を見た紗那は顔をしかめる。

「ああ、今回のは特に酷かった」

座ることなく、紗那は目を閉じる。

流石《さすが》の紗那でも血痕の残るアスファルトに腰を下ろすことは嫌だったらしい。

「わぁっ」

目を閉じて直《す》ぐに、紗那は驚いたように目を開けた。余程驚いたようで、バランスを崩し後ろに倒れそうになる。

「大丈夫か」

咄嗟に両腕を掴んで紗那を支えたが、思いがけず柔らかい二の腕に俺が驚いてしまう。幼馴染みとして全く意識していなかったが、こいつも一応女なのだと再確認させられた気分だ。

そんなことを考えている場合ではないのだが。

「うん、ありがと」

紗那は特に気にしていないように、いつもの調子で軽く笑い、直《す》ぐに険しい顔になる。

「なにか見えたのか？」

「単語とかは見えなかった、いっぱい死んでる場所だと想《おも》いが重なって言葉にならないってことは割とあるから」

「そうか」

「でもイメージとしてかなり強い力を感じたよ、これまでにないくらい圧倒的な力」

「随分曖昧だな」

「イメージだからねぇ、言葉にして伝えるのは難しいよ、あとたぶんだけど、この力の質は他の変死体の現場で感じてきたものと同じだと思う、むしろその大本って感じ」

「主犯ってことか」

「うーん、そこまでは断言できない、でも他の事件に全く無関係じゃないとは思うよ」

「なるほど」

ほんの少しだが進展したような気がした。

例えば、その圧倒的な力を持つ誰かが首謀者として、他の者たちに力を与え今回の事件を起こしている、というのはどうだろう？

そうなれば、本来自分の力を隠して生きている生来の力を持つ者とは異なり、それを隠すようには生きない可能性がある。つまり、圧倒的な力を持つ者を首謀者とした力を持つ者たちの犯罪集団があるのではないか？

なにより、それなら牟田《むた》たちの行動もわかる。彼らはそのメンバーで自分たちの身に危険が迫っていることを予期して集まっていたのだ。

帰りの車の中、そんなことを紗那に言ったが彼女は首を傾《かし》げる。

「私たちの力って生まれ持ってのものだと思うんだよねぇ、他人にあげたりとかなんかそういうモノみたいに便利に扱えるわけじゃないって言うか、うーん、なんて言うかなぁ、ほら例えば自分の手を他人に簡単にあげられないし、あげたってそれがその他人の自由に使える手にはならないみたいな、うーん、伝わるかなぁ」

「言いたいことはなんとなくわかった、だが手だって移植して神経繫《つな》げれば使えるようになるだろ、そういう力が存在しないとは言い切れない」

「まぁね、でもあったとして、こんなことする理由がわかんないよ、力を誇示したいならもっと犯行声明出すとかするだろうし、隠したいならこんなペースじゃやらないでしょ」

「それは俺にもわからんな、加害者はもとより被害者にしてもわからない点が多すぎる」

紗那《さな》は悩むように少しだけ下を向いて、直《す》ぐに顔を上げた。

「難しいこと考えたらお腹《なか》すいたからご飯食べに行こうよ」

それはそれと、割り切ったような笑顔の紗那にずっと張り続けていた気が少しだけ緩んだような気がした。

「そうだな」

言うまでもなく、俺のおごりだ。

《七月二十六日金曜日》

昨日の雨が嘘《うそ》のように激しく降り注ぐ陽《ひ》の光は殺意に近い暑さを午後になっても保っている。

牟田《むた》らの身辺調査ではそれほど有力な情報が得られたわけではなかった。

「あの酒井《さかい》って巡査も特になにも知らなかったっすね、同じ警察って言うから期待してたんっすけど」

一日中の聞き込みで疲れたようにタチバナが言う。

「ああ、そうだな」

先日、酒井から得られた情報は、確かに四人に面識があったこと、ゲームの関係で知り合ったらしいこと、それくらいだった。

いや、他にもなにかあったような気が……気のせいか。

「どうしました、重護《じゅうご》先輩？」

タチバナが助手席から俺を覗《のぞ》き込む。

「いや、なんでもない」

暑さのせいで頭がぼうっとしているんだろう。

車移動とは言え、聞き込み調査となるとかなりの時間を歩いて過ごす。午後のニュースが流れ始めたラジオで「今期最高気温」という言葉を聞いて頷《うなず》かずにはいられなかった。

「先輩、アイス買いません？」

「そうだな、どうせ買うなら箱のにしよう、刑事課のみんなで食べられるように」

職務中の買い食いなどあまり褒められたことではないが、この暑さだ、大目に見てくれるだろう。

近くのコンビニへと向かう最中、運動公園の横を通りかかる。窓越しに今日も笛の音がした。


タチバナを署に下ろし、帰宅を告げて運動公園へと向かう。

「こんにちは」

声をかけると彼女は今日も驚いたようにビクリと身体を震わせて、笛を止《や》めた。

「その声は……」

少し悩むように彼女は顎に手を当てて考えた後、顔を上げる。

「この前の警察の方ですね」

「一回会っただけなのに、よく覚えているな」

「あまり私に話しかけてくる人もいませんから」

そう言う彼女の頰《ほお》には汗が光っていた。先ほど車で通りかかった時から三十分以上経《た》っている。その間ずっと練習していたのなら汗もかくだろう。

「それにしても今日は暑いな」

「はい」

現に自分もさっき車から降りたばかりなのにもう汗が出始めているのを感じる。

「こんなに暑いのに屋外で練習を？」

「家でするとうるさいって怒られるので」

「学校とかあるだろう」

「いえ、吹奏楽部はないんです、私が好きでやってるだけなので」

「そう、なのか」

それにしても他にもっと練習できる場所がありそうなものだが。

「それに、ここで練習したいんです」

歯切れの悪さで俺の本心を察したのか、彼女は付け足した。

「理由があるのか？」

「えっと、笑わないでくれますか」

俺の問いに彼女は年相応の初々しさで、頬を赤らめ恥ずかしがる。

「ああ」

「人を待っているんです」

なるほど、と心の中で膝を打った。なんとも若くていいじゃないか。

こういうことを言うから知海《ちひろ》におっさんと言われるのかもしれない。

「彼氏か」

俺の言葉に彼女は更に顔を赤らめ、手を振る。

「い、いえ、違います、名前すら知りませんから」

「名前すら知らない待ち人か」

「はい、でも最近ずっと来てないので心配しているんです」

彼女は顔を俯《うつむ》かせた。

だからこそこの暑い中、その人物が来ないか待っているということなのだろう。

「なるほどな、しかし君が倒れたら元も子もない、水分補給はしっかりとしろよ」

「はい」

返事はするが相変わらず俯いたままだった。

彼女の懸念が直感的にわかってしまう。

「大丈夫だよ、きっとその待ち人は無事だ」

連続殺人事件が始まって一ヶ月以上。犠牲者は十四人に達し、若者の犠牲者も少なくない。

前回、彼女に会った時の違和感はこれだったのだろうか？

待ち人が事件に巻き込まれたのかもしれないという不安。

あの緊張は確かに事件に関してなにかを知っていることから来るものだと思っていたが知海《ちひろ》たちの言うとおり勘違いだったたか。

「はい、そう信じています」

祈るように、彼女は笛を両手で握りしめる。細い、綺麗《きれい》な手だ。その右手に指輪が光った。

なにかが、頭の中で繋《つな》がったような気がした。

いや、ただの勘でしかない。連想ゲームのような不安定で曖昧な関連性の域を出ないなにか。

「その指輪、この前もしていたか？」

「あっいえ、紐《ひも》で首に提げていたのですけど、なくしそうになってしまったので」

「そうか」

彼女は指輪を隠すように左手で右手を包んだ。

「もう一度だけ聞くが、事件に関してなにか知らないか？」

悩むような表情で彼女は顔を俺の方へと向ける。

「もしも、刑事さんがなんでも願いが叶《かな》えられるとしたらどうします？」

明後日の方向を向くような質問だ。

「決まっている、今起こっている連続殺人事件の犯人を見つける」

「刑事さんは仕事熱心なんですね、でも私は事件に関してはなにも知りません」

相変わらず悩むような表情で、しかし、しっかりとした意思を感じる表情で彼女は断言した。

《七月二十九日月曜日》
十五体目になる遺体が見つかった。
被害者の名前は美久月奏《みくづきかなで》。
俺が運動公園で話をした少女だった。

八章

八色真澄

Grab your desires with your own hands.

《七月二十九日月曜日》

教師は教科書の一文をそっくりそのまま黒板に書き写し、オレンジ色のチョークで線を引いた後、赤色で注訳を入れた。

教室に響くのは板書の音とそれを書き写す音、そして空調の音。

夏休みにもかかわらず行われている補講も明日で終わる。

以前ならこんな苦痛な授業中、彼のことをよく妄想していた。

大迫《おおさこ》先輩。

既に故人となっている彼は私の初恋の人だ。

私も彼も本が好きだった。

二人で過ごす図書館は特別で、互いに交わす言葉こそ少なかったけれどそれぞれが本を読み、別の世界へと思いを馳《は》せながら同じ時間の波の中に浸っていた。あの空間は私たちだけのもので、私にとってはそれだけがこの空虚な学校生活で唯一、色を持ち得た時間だった。

でも、そう思っていたのは私だけだったらしい。

彼が嬉《うれ》しそうに異性とのデートを告げたあの日、私が感じたのはショックと言うよりも怒りだった。

いや、それは正しい言葉ではない。

生まれてからこの方、私は常に全てに怒っていた。つまらない学校生活に、くだらない人間関係に、面白味《おもしろみ》のない私生活に。それを唯一緩和する存在だった先輩が自分を見ていないと気付いたことで怒りが緩和されなくなった。

そう、これが正しい言葉だ。

それもこれも彼が死んだ後ではどうでもいいことだ。

いくら暇だからと言って、いまさら彼の事を考えるなど悲しいくらいに無意味なことをするとは我ながら珍しい。

あの時間は永遠に戻ることはなく、私の怒りは緩和されることはなくなった。

緩和されなくなった怒りの行き着く先はいつだって発散になる。

自分にこの異能があって本当によかったといつも思う。

初めて発散したのは小学生の頃だった。

路肩にずっと停《と》めてあった持ち主もわからない自転車。

夜、家をこっそりと抜け出して、それを壊した。

あの時の背徳感と快感はすっかり私の癖となり、怒りが溜《た》まる度にモノを壊してきた。

無差別破壊なんて名称まで付けられた破壊は私のささやかな楽しみだった。

高校に入って先輩と会うまで。

そして、先輩が死んでから。

嬉《うれ》しそうな大迫《おおさこ》先輩の顔が思い出される。

付き合いたいわけではなかった。そんな約定なんかなくても私と先輩の時間は特別なはずで、交わす言葉がなくても通じ合っていたはずで、私にとってあの時間だけが救いだった。

先輩だけが私を理解してくれていて、先輩だけが私の存在を許していて、先輩だけが私のことを怒らせないで、先輩だけが私に必要で、私だけが先輩に必要なはずだった。

先輩が私以外の人間のことを話し、それを喜んだあの日。

私は久し振りに夜の路地に行かねばならなかった。

発散しなければならなかった。

小学生の頃からそうしてきたように。高校に入って先輩と会ってから止まっていた悪癖が蘇《よみがえ》る。

別になんでもよかった。

六月十四日金曜日。

あの夜は自動販売機。それに手を触れて、念《おも》った。

「壊れてしまえ」

これが私の異能。

手で触れて念えば、有機物だろうが無機物だろうが生物だろうが無生物だろうが願ったままに壊すことができる。私の異能の前では全てが無意味だ。

勢いよく自動販売機の扉が曲がり、中に入っていた缶ジュースやペットボトルが一斉に弾《はじ》け、ショートする音がして電気が落ちた。

隣に並ぶもう一台も同じように壊して、束の間《つかのま》の爽快感を味わう。

それで怒りの全てが消えたわけではなかった。先輩の全てを許したわけではなかった。

しかし、その日はそれでいいと思った。

週末で私を苛《いら》つかせる学校はなかったし、私に似ている先輩がデートを上手《うま》く乗り切れるわけがないと知っていた。来週になれば全て元通りだと。

その上で、先輩に二、三、気を引くような言葉を投げれば先輩は私のものになると。

そこに偶然、あの男が通りかかった。

名前すら覚えていないあの男。

あの男は、壊れた自動販売機の前に立つ私を見てしまった。その日に、確信の光が宿っていた。私がこれをしたと知っている顔をしていた。

だから「壊す」しかなかった。

人を壊したのはあの時が初めてで、私の手は震えていた。

喜びと快感に。

生まれて初めて完全に怒りが消えるほどの快感。

これまで我慢していたたがが外れた。

ずっと考えていた。

周りの全ての人間は私が触れるだけで死ぬような、取るに足らない存在だと。そんな存在に心を乱されることが我慢ならないと。

私を縛っていたのは些細《ささい》な倫理観、破ってみればどうということはないハリボテだった。

私に触れられ驚いていた表情の男がその驚きの表情のまま、突然の痛みに驚く間もなく命を終え、ただ人の形をした肉となって崩れ落ちる。

まるで哀れな操り人形の糸を切ったように、まるで不出来なロボットの電源を落としたように、まるでごっこ遊びに飽きられたぬいぐるみが放《ほう》り投げられるように、まるで神が彼の人生に興味を失ったように。

あの衝撃は思い出すだけで一種の中毒性に似た快感をもたらす。

とは言え、回数をそれなりにこなすと快感は随分と淡泊にはなる。

初めて当たった昨晩の対戦も味気ないものだった。

異能者同士の戦いと言うから少しだけ期待していたのに。

もしかしたら、死ねるのではないかと。

相手は壁を作る異能のようだったけれど、私の異能の前では無意味だった。

相性が悪かったのだろう。異能者同士の戦いなど、所詮じゃんけんのようなもので、私

の異能では負ける方が難しい。

異能と言えば、戦いの中で彼女は「倒した異能は指輪に宿るのでは？」という言葉を口走った。実際に一度だけ風を起こしたような気もしたが、真実はよくわからない。壁は使えるようになっていないし、指輪だってそこまで特別な物とは思えない。

そんなことを考えている内に、チャイムが鳴って退屈な授業が終わった。

午前中までしかない補講はこれで終了で、解放感の中、教室は耐え難《がた》い騒がしさに包まれる。

なにより苦痛なのは、この後図書委員会の仕事があるということだった。

先輩が死んで、しばらく空席だった二年四組の図書委員は夏休みに入る直前に新しい人間へと変わったらしい。今日はその人物と初めての当番となる。

教室を後にして図書館に赴くと既に該当の人物と思われる女性がカウンターの中で待っていた。

「いらっしゃい」

図書館に明るく響く声、一見しただけで苦手な人間だとわかる。

「私も図書委員です」

「あっ、それじゃあなたが……よろしくね」

屈託のない笑顔でその女性は私に右手を差し出した。

ここが学校じゃなければ、誰もいないこの空間で殺してしまうこともやぶさかではない。

「よろしくお願いします、八色《やいろ》です」

「私は月摘知海《るつみちひろ》、図書委員の仕事って全然わかんないから教えてくれるとありがたいな」

「はい」

月摘と名乗った彼女は読書が好きそうなタイプには思えない。大方、じゃんけんにでも負けて仕方なくなったのだと邪推する。

「主な仕事は貸し出し処理と返却処理、あとは書棚の整理くらいです、新しい本が入ったときには登録の仕事が別にありますが、それはその時に改めて説明します」

「うん」

彼女はメモを片手に、私の説明を聞く。

そうは言っても、図書館、特に補講後の図書館など滅多《めった》に利用する人間もなく直《す》ぐに説明も終わり暇になった。

「八色ちゃんはどうして図書委員会になったの？」

彼女はよく通る明るい声で話しかけてくる。

どうやら話し好きらしく、図書館は全然静かにならない。

「本が好きなので」

「そうなんだ、どういう本読むの？」

「色々です、ファンタジー、ミステリー、エッセイ、詩集、時々は新書も読みます」

適当に話題を切り上げて、読書をしたい。

「へぇ、私はラノベとかしか読まないから、なにかオススメがあったら教えて欲しいな」

「どういったタイプがいいですか？」

「うーん、感動系とか好きかな」

「わかりました、探しておきます」

「うん」

私が本を鞄《かばん》から取り出すと、流石《さすが》に察したようで彼女は口を閉じた。

少なくとも読書をしている時間は怒りがこれ以上増えることはない。緩和されるわけではないけれど、文字の海に潜っている間、私は私でない存在になれる。

時間を確認するために顔を上げると、彼女と目が合った。

もしかして、ずっと私のことを見ていたのか？

「ねぇ、少し聞いてもいい？」

「なんでしょうか？」

「祐樹《ゆうき》君って図書委員会の時、どんな感じだった？」

下の名前で言われて、一瞬誰のことかと思ったが直《す》ぐに彼の名前だと思い出す。

大迫《おおさこ》祐樹。彼が死んでもう一ヶ月以上、既に懐かしい感じさえした。

「どんな、とは？」

「一緒に当番入ってたでしょ、その時どんなことを話したとか、どんな様子だったとか」

どうして彼女が大迫先輩について知りたいのかがわからない。

失礼かも知れないが、彼女は少なくとも見目、先輩と面識のあるタイプには思えない。もっと社交的で人生を楽観視しているような連中と連《つる》んでいる人間に思えた。

「静かでしたよ、あまり話したりもしませんでしたし、それぞれ本を読んだり仕事をしたり、思い思いに過ごしていました」

「そうなんだ」

「どうして大迫先輩のことを？」

彼女は恥じらうように小さく笑って、目を伏せる。

目を上げた彼女は泣きそうな、それでも僅かに嬉《うれ》しそうな顔で躊躇《ためら》うことなく言った。

「祐樹君のことが好きだったんだ」

ああ、そうか。

彼女が先輩の言っていたデートの相手だ。

これ以上ないほどに、理解する。

この女が私の怒りの根源だ。

突発的に彼女を殺しそうになるが、僅かに残っている倫理観がそれを止めた。少なくとも今ここで殺すのは賢くない。

「そうだったんですね」

よく無表情だと言われる。

ポーカーフェイスは昔から得意で、周囲の人間はそれですっかり私に怒りという感情があることを忘れてしまう。

「うん、だから少しでも私の知らない祐樹《ゆうき》君を知りたくて図書委員会に入ったんだ、不純な動機でごめんね」

「いえ、いいと思いますよ」

心にもないことを平然と言う。

この時、私の心は既に夜の路地にいた。


熱帯夜。

にじみ出る汗が拭う間もなく服と皮膚を張り付かせ、閉塞感に気が狂いそうになる。

昼間のことを思い出し、更に気は立つ。

まるで、あの日のように。

そして今日もまた、私は昼間あの女に与えられた怒りを消すために熱帯夜に怒りながら夜の路地を歩いていた。

全身を黒のジャージで覆い、黒のマスクをして、闇の中に存在を消す。

私はここでは怒れる神だ。

足音が近づくのを待って、そっとその後ろに付く。

古代ギリシアの神々よりも理不尽な死神。

今日は金髪の若い男だった。

手を伸ばすよりも早く男は私に気付いて振り返る。

一瞬、目が飛び出さんばかりに驚いた顔をして、しかし私が女だとわかると少し表情を緩める。

その顔のまま死ね。

伸ばそうとした左手が、男に届く前に何故《なぜ》か止まった。

「えっと、君、どうしたの？」

意図せず呼び止めるような形で止まる私に男が戸惑い交じりの表情を見せる。

思いとどまったわけではない。何故かあと少し左手が伸びない。

「君、だいじょ」

動かない左手の代わりに右手を伸ばして男に触れる。

壊れろ。

言葉を最後まで言い終わる前に、男は事切れた。

なんだったのだろう？

左手を見る。

今は何事もないように普通に動く。

彼が何人目だったのかすら数えていないのに、いまさら罪悪感を覚えるわけもない。

変なこともあったものだ。

ともかく、これで彼女に感じた怒りは多少マシになった。

どちらにせよ、既に大迫《おおさこ》先輩はいない。もう彼女に取られることはない。

それだけが救いだ。

でも、どうせなら私が殺せればよかった。

最期に彼に触れたのが私だったなら、彼に終わりを教える神が私だったなら。

彼を許せた。彼を諦められた。彼を忘れることができたし、覚えておくことができた。

彼を愛することができたかもしれない。

《七月三十日火曜日》

夏休み最後の補講を終わらせるチャイムが鳴った。

ホームルームが終わり騒がしい教室にこれ以上一刻たりともいることが我慢できず、早々に教室を出る。

「あっ八色《やいろ》ちゃん、いた」

この教室に、いや学校に私を呼び止めるような人間はいないはず、そう思って振り返るとそこに立っていたのは月摘知海《るつみちひろ》だった。

きっと、誰からも好かれるであろう屈託のない笑顔を浮かべ私に手など振っている。

委員会もないのに下の学年の教室前まで来たこの女、同性の私から見ても充分に可愛《かわい》いと思わせるこの女、私とは真逆の世界を生きているこの女。

そんな人間が、私に構ってなにをしたい？

昨日発散したはずの怒りがまた湧き出るのを感じた。

「どうしましたか、月摘先輩？」

「この後なにか用事ある？」

姑息《こそく》な質問の仕方だ。

要件を伝える前に、こちらの身動きを封じる。

だけど、どんな要件であっても彼女と過ごすことが私にとって苦痛になるだろうことはわかった。

「いえ、ありませんけど」

「それなら、一緒に本屋行かない？」

「いいですよ」

それでも了承したのは、隙を見て殺すことができるかもしれないと考えたからだった。

本屋で彼女は私から勧められた本を二冊ほど買って、そのままカフェに寄ることを提案した。

大方、そちらの方が本題だったのだろう。

「今日はありがとね、おかげで面白そうな本買えたし、読んだら感想言うね」

小さな丸テーブルの二人がけの席に向かい合って座る。

「はい」

彼女はいかにもそういう女子が好きそうな期間限定のカフェフラッペを頼み、私はカフェオレを頼んだ。

「祐樹《ゆうき》君とも結構本の貸し借りとかしてたんだけど、殆《ほとん》どラノベだったからこういう厚い本って新鮮だな」

「大迫《おおさこ》先輩は確かにあまりハードカバーは読みませんでしたね」

カフェフラッペの大きなストローを小さな口に咥《くわ》えて、彼女は「うん」と頷《うなず》く。

「それでさ、もし間違ってたら悪いんだけどどね」

前置きをして、月摘知海《るつみちひろ》は少しばつが悪そうに笑ってその小さな口を開いた。

「八色《やいろ》ちゃんも祐樹君のこと好きだったんじゃないかなぁって思ったんだけど、違う？」

飲んでいたカフェオレが喉の奥でつっかえる感覚に思わず少しむせる。

「大丈夫？　ごめんね、変なこと言って」

彼女は私にハンカチを渡そうと差し出した。

幸いそれを受け取る必要があるほどに咳《せき》は出ず、直《す》ぐに収まる。

「どうして、そう思いましたか？」

「だって、昨日私が祐樹君のことを好きだって言ったときに怒ってたでしょ？」

「えっ？」

驚きが思わず口をついて出た。

私の無表情に感情を読み取ることなど大迫先輩でさえできなかったのにどうしてこの女

が、突然現れたこの女がわかる？

「八色ちゃんってクールで表情あんまり変わらないけど、怒るとさ目の奥が遠くを見るんだよね」

私の反応で図星と踏んだのだろう、彼女は言葉を続ける。

「そう、ですか？」

実際図星だったけれど、私はポーカーフェイスを保っていた。

保てていると思う。

「うん、最初はなんでかわからなかったけど、見たくないから遠くを見るのかなぁって考えたら、怒ってたんだなぁって」

「仮にそうだとして、自分に怒っているかもしれない人間をよく誘いましたね」

「祐樹君の話をしたかったから、私に怒ってても祐樹君のことは好きでしょ？」

よくわからない強《したた》かさに飲まれそうになった。

彼が故人だからこその強《したた》かさなのか、彼女が元から持っているものなのかは知らないけど、初見で感じた以上に苦手な人間ということだけはわかる。

「確かに大迫先輩のことは憎からず思ってはいました」

「祐樹君って、不思議な人だったよね」

どことなく遠くを見る目で彼女は切り出した。

「そうでしょうか？」

「うん、私が祐樹《ゆうき》君と初めて話したのは一年の時だったんだけどね、他の友達との会話で私が無意識にアニメの台詞《せりふ》言ってたの聞いてた祐樹君が放課後話しかけてきてさ、わざわざ人目を避けるようにそんなことするから、どうしてって聞いたら、『僕なんかと話してるところ見られたら嫌だろうから』って言ったんだよね」

確かに大迫《おおさこ》先輩が言いそうではある。

「大迫先輩はもう少し自分に自信を持つべきでしたね」

「だよね、たぶんずっと『僕なんか』って思ってたんだよね、でもだから人の悪口とか絶対に言わなかったし、意見を否定したりもしなかったんだよね」

彼女の方が大迫先輩との付き合いが長い分、分析も正確であることは認めざるを得ないらしい。

大迫先輩との時間がなぜあそこまで私にとって心地よかったのかがわかった気がした。

彼は私という存在の全てを否定することなく受け入れていたからだ。

「思えばそうだったのかもしれません、先輩に本の趣味や感想を否定された記憶はありませんね」

「私もアニメの感想で違うって言われたことなかったんだよね、もう一人の友達とは結構意見が分かれて、言い合いになることがあったんだけどさ、そういう時も祐樹君が間に入ってくれたりしてさ、たぶん祐樹君がいなかったら三人が仲良くなることとかなかったんだろうなぁって」

そう言いながら、彼女は少し涙ぐむ。

大迫先輩のことを思い出したのだろう。

いまさらながらに、大迫祐樹の死が彼女にとって大きな出来事だったのだろうと再認識する。こうやって、図書委員会という繋《つな》がりだけの人間にさえ接触を図り、嫌われていると知りながらも彼の話をするくらいには彼の事を未《いま》だに想《おも》っているらしい。

彼との時間を既に風化させ始めている私とは大違いで、その感傷は本当に少しだけ羨ましくもある。

「ごめんね、泣くつもりはなかったんだけど」

先ほど出したハンカチで彼女は自らの目元を拭った。

「いえ、先輩も喜んでいると思いますよ」

これこそ本当に心にもないことだと思いながら、口に出す。

人生で、他人のためにそんなことを言うのは初めてだった。

死ねば人間はそれまでで、その先に想いなどが仮にあるのなら幾人もの人間を自分の怒りの発散の為《ため》だけに殺している私など既に呪い殺されているだろう。

私にそんな上辺だけでも励ましの言葉を口に出させる程度には、彼女も変わった人間には違いない。

「うん、ありがと」

涙を拭った彼女は、大迫先輩との思い出話を再開する。

図書館での口数少ない彼からはきっと聞けなかっただろう思い出の数々、いや先輩の口数が多かったとしても最後のあの日以外、私と彼に関係する以外の話を持ち込まなかった彼からは絶対に聞けなかっただろう思い出の数々。しかし、その思い出話から伝わる彼の人物像は私の知っている大迫《おおさこ》先輩から大きく乖離《かいり》はしなかった。

「今日はありがとうね、祐樹《ゆうき》君のこと沢山話せてよかった」

「私も先輩のことを色々と聞けてよかったです」

半分だけ本心でそう言う。

半分は怒りでそう言った。

大迫先輩が図書館に持ち込まなかった話はどうあがいても、私の存在が彼にとって大きくないことを証明しているようだったから。

《八月三日土曜日》

空調の効いた部屋で本を読んでいると、奴《やつ》は現れた。書棚の陰の、覚束《おぼつか》ない蛍光灯の、その隙間を縫うように。

「今週もやらかしてくれたね、しかも二件とは」

奴は上機嫌な不機嫌を深い皺《しわ》の間に漂わせ、白々しい笑みを行間に挟んだ。

「捕まらなければいいですよね？」

「無論だよ、実際警察は君の影しか捉えられていないからね、しかしまぁあと数ヶ月もすればきっと君にたどり着くだろうね、どちらにせよ捕まえられはしないが」

脅しとも、懸念とも、諦観とも取れる口調は、最終的には投げやりに近くなる。

「そうですか」

「そうだとも、明日で終わってしまうのだから」

奴の笑顔は不気味に部屋を隙間なく満たし、書棚の全ての本のページを汚し、私の怒りさえ染め上げた。

「いよいよ明日が最後の戦いだね、予定より早くなってしまったが」

感動はない。感傷もない。不満もなければ、不測ですらなかった。

既知の事実に与える言葉もない。

横柄な主催者が参加者を四人も減らせば必然終わりは早まる。

「無反応とは悲しいじゃないか、もう少し喜んでくれるかと思っていたが」

「ありませんよそんなもの」

「それは些《いささ》か残念ではあるが、どちらにせよ明日で全てが終わる、おめでとうそしてありがとう、君のおかげでこの数ヶ月は少しだけ楽しかった」

祝辞は呪い、謝辞は災い、どちらにせよ終わりにはふさわしい言葉だった。

「一度しか戦っていないのにですか？」

「君の作り出した連続殺人の方さ、おかげで大会にいい花を添えることができた」

黒い大会に似合いのさぞ赤い花だっただろう。

九章

月摘重護4

Grab your desires with your own hands.

《七月二十九日月曜日》

美久月奏《みくづきかなで》の遺体が発見されたのは、彼女が通っていた運動公園だった。

外傷はなし。

しかし、内臓は完全に破壊された状態だった。

「これって、どういうことっすかね？」

タチバナがベンチに腰掛けて首をひねる。

左手は当たり前のようにケータイを触っていたが、敢《あ》えて指摘はしない。

タチバナとしても無意識なのだろう。

現場では争った形跡は発見されていなかった。

「これまでの見立てが間違っていた可能性も視野に入れなければならなくなったな」

通称、綺麗《きれい》な死体事件と全く同じ状態である美久月奏の遺体は、しかし事件現場や死亡推定時刻からは変死体事件と同じ条件となっていた。

「また一からやり直しっすか？」

そうタチバナはため息を吐く。

「むしろ逆かもしれないぞ」

「逆っすか？」

「二つの事件がここで一つに繋《つな》がったんだ、一気に解決できる可能性もある」

そうは言ったものの、先の轟　巧《とどろきたくみ》の件と今回の美久月奏の件、事件に関してなにか知っていそうな人物がこうも死んでしまうとやりようがない。

紗那《さな》に否定された力を持つ者たちの犯罪組織、なんて話がなんとなく実感を帯びたように感じた。

証拠を残した者、警察に接近された者を消して殺人を続ける犯罪組織。

まるで映画かドラマの話のようだが、起こっていることだけで考えれば完全に否定はできない。

しかし、轟巧の時はタチバナに送ったメールから捜査が始まっていたが、今回の美久月奏は俺と少し話しただけだ。

その内容を伝えた人間も限られている。警察内部に密告者がいる可能性さえ考慮に入れなくてはいけないのかもしれない。

「なぁタチバナ」

例えば隣で捜査資料に目を通しているコイツとか。

「はい」

「お前、入って何年目だ？」

「先輩の一個下っすけど、大卒なんで……三年目っすかね」

タチバナは左上を見ながら年数を指折り数えた。

三年……なにか忘れている気がするが気のせいだろう。

「もうそんなになるか、今回の事件どう思う？」

「どうもこうも、全然わかんないっすよ、ここまで捜査して有力な手掛かりがないってのもヤバいっすよね」

「そうだな、特に捜査線上に上がった人間が次々に死んでるのが痛い」

「今回の子も先輩が話してたんでしたよね」

資料をめくりタチバナは空欄にメモをする。

「ああ、まだ数人にしか言っていないことだったが」

「もしかして、俺疑われてます？」

半笑いでタチバナは資料から目を上げた。

「自供するか？」

「まさか、こんな事件起こせるなら警察なんてやってないっすよ」

資料をうちわ代わりにして顔を扇《あお》ぎながら、タチバナは大げさに首を振る。

「それもどうかと思うが」

「冗談ですって」

確かにタチバナにこんな事件を起こせるような度量はないだろう。

「あっ、それと」

思い出したようにタチバナは扇いでいた資料をめくり、最後のページの隅に書かれたメモを見た。

「先輩の気にしてた指輪っすけど、遺体は所持してなかったですね、一応遺族の方にも聞いてみましたけど心当たりはないそうです」

「そうか」

「その指輪ってなんだったんっすか？」

なにと聞かれると困る。あれが事件に関《かか》わっている証拠はないし、仮に関わっていたとしてあの指輪にどんな意味があるのかもわからない。

「いや、生前被害者が着けていたのを見て、少し気になっただけだ」

「へぇ」

あまり興味なさそうに返事をしたタチバナは既に左手でケータイを操作している。

「指輪と言えば、この間ケータイで見せてくれた指輪を探してるってのはどうなったんだ？」

ふと、気になった。

「えっ、ああ、どうなったんでしょうね、たぶん見つかったんじゃないっすか、もう埋もれちゃってるんで探すのも大変っすよ」

なにかと指輪が気になるが考えすぎだろう。

「そうか」

《七月三十日火曜日》

「あーうー」

紗那《さな》が助手席で窓からの風に唸《うな》る。

七月も終盤、陽《ひ》が暮れたとは言え連日の猛暑で流石《さすが》に窓からの風だけでは全く涼しさを感じることはできない。

「どうした、また金欠か？」

「それはいつも、大学は今、試験期間なんだよ」

苦々しく言って、紗那はまた、風に唸る。

「いいじゃないか、それが終われば夏休みだろ？」

「落第がなければねー」

「普段から真面目に勉強してないから、そうなるんだ」

「それなりにやってるよぉ」

「勉強するために大学に行ってるんだろ？」

「違いまーす、大学はモラトリアムの期間なんですぅ」

無言で、助手席側のパワーウィンドウを少しだけ閉じた。

脱力している紗那の腕がその上に乗せていた頭と一緒に持ち上げられる。

「いけないいんだぁ、刑事が危険行為してる」

「一般人に捜査現場を見せるような不良刑事だからな」

俺の言葉に紗那はフフッと笑った。


「今回のところは比較的綺麗《きれい》だね」

懐中電灯でざっとグラウンドを照らした紗那が言う。

「争った形跡はなかったな」

「やっぱ慣れてるって言っても、血とかない方がいいよ」

そう言いながら紗那はグラウンドに腰を下ろし、目を閉じた。

「えっ？」

そして直《す》ぐに目を閉じたまま驚いたような声を上げる。

「どうした」

紗那は問いかけには答えず、左手で黙っているようにと俺を制した。

「うん、君は誰？」

「色？」

「この子のこと？」

「うん、うん、うん」

この前のように会話しているのか？

しばらく、頷《うなず》いてから紗那《さな》は目を開けた。

「なにかわかったのか？」

「わかったような、わからなかったような感じかなぁ」

「この前みたいに話ができたわけじゃないのか？」

立ち上がろうとする紗那に手を貸す。

暑さの中でひんやりと冷たい手だった。

「最初は話せるかと思ったんだけど、会話っていうより特定の想《おも》いだけが強く残ってただけだった」

「被害者か？」

「ううん、この前の誰かわからない子、あか、まもれなかった、ごめん、ってそれの繰り返しだった」

「まもれなかった、ごめんか、被害者の事だとしたら思ってた怨念っていうのとは少し違いそうだな」

「うん、私もてっきり被害者に恨みでもあって憑《つ》いてたのかなぁとか思ってたけど、なんか違うみたい」

「それで、あかってのはなんだ？」

「うーん、色かな？　イメージとしては単語だったけど、色までは一緒に連想してる感じはしなかったかな、あとはこの前のやつみたいに言葉が途中で切れてるとか」

もる、なせな、あか、まもれなかった、ごめん。

もる、が守るなら言葉に関連性も見いだせる。

まぁ、完全な憶測だが。

「いずれにせよ、それだけじゃなんとも言えないな、他に加害者に繋《つな》がりそうなものとかはなかったか？」

「今回は特に犯人の方の念は薄かったよ、他人を殺すことをなんとも思ってない感じかな」

「綺麗《きれい》な死体の方の加害者と同じって可能性はないか？」

「うーん、可能性はあると思う、手口も一緒なんでしょ？」

「ああ」

「残ってる念だけで同じ人って言うことはできないけどね」

紗那は微妙な表情で付け足した。

確かに、手口だけで同一犯とするのは早計かもしれない。

「被害者はなかったか？」

「例の子の声が大きすぎて見えにくいけど、諦めに近い感覚かな、でも映像としてはなにも残ってないから、犯人の顔とかはわかんないよ」

「だろうな、今回の被害者は盲目だった」

「そっか、そりゃ見えないね」

紗那《さな》がワンピースについた芝生を手で軽く払う。

やはり今回も犯人を特定できるような情報はなかった。しかし、少なくとも三つの事件現場で紗那が感じた「もう一人の誰か」その人物に接触が取れればなにかわかるかもしれない。

「ここでなにしてるのかな?」

考えていると後ろから声をかけられ突発的に振り返る。

懐中電灯に照らされたのは、見慣れた顔だった。

「あれ、先輩、本当になにしてるんっすか?」

いつも通りの間の抜けた顔で、タチバナがそこに立っている。

「お前こそなにしてる」

「巡回で近くに寄ったら明かりが見えたんで」

「お前が当番だったか」

確かにここは巡回ルートに入っているが、こんな時間までするとはこいつもなかなか仕事熱心だ。

「こいつはタチバナ、俺の部下だ」

一応紗那に紹介をする。

「よろしくっす、それで、そちらは彼女っすか?」

タチバナが手に持った懐中電灯を紗那の方へと向けた。

「はい、重護《じゅうご》がいつもお世話になってます」

それらしくお辞儀をする紗那の頭を軽く叩《たた》く。

「捜査協力者だ」

「へぇ、先輩も結構隅に置けないっすね、でも現場に連れてくるのはヤバいっすよ、黙っときますけど」

タチバナもタチバナでしたり顔で笑う。

「違うと言ってるだろう」

「それじゃお邪魔したっす」

全く、面倒なやつに見られたものだ。数日は紗那のことでいじられるだろう。

「はぁ、帰るぞ」

タチバナの背を見送って、紗那に懐中電灯を向けると俺に寄りかかって来た。

俺よりも低い体温が、腕越しに伝わる。

「おい」

冗談かと思い引き離そうとして、紗那の顔が青いことに気が付いた。

「大丈夫か？」

「うん、ちょっと貧血かな」

「ちゃんと食べてるのかよ」

懐中電灯をポケットにしまって、右手を紗那《さな》の背中から脇へと回し、腰を下ろすのと同時に左手で、足を抱えた。

「えっ、ちょっ」

いわゆるお姫様抱っこの姿勢で紗那を抱きかかえる。思っていたよりも軽い身体に、本当に食べているのかと心配になった。

「そこまではいいって、ちょっと重護《じゅうご》」

腕の中で紗那は珍しく恥ずかしそうな顔をしている。

「タチバナに変なこと言った罰だ」

色々と文句を言っていたが、無視して車に向かって歩き出すとやがて静かになった。

なんだか、既視感がある気がしたが思い出せない。

「もうお嫁に行けない」

助手席に座った紗那はこちらを見ようとせずに、窓を開けた。

「行く予定もないだろ」

「ねぇそこは、俺が貰《もら》ってやるって言う所じゃん」

文句を言いながら振り向いた顔は、さっきよりだいぶ血色がよくなっていた。

「俺に貰って欲しいのか？」

「バーカ」

どうやら俺の返事が気にくわなかったようで、紗那は頬《ほお》を膨らましながらまた、窓の方へと顔を向けた。

　どうやら機嫌を損ねたらしい。

　実は今日綺麗《きれい》な死体がもう一件見つかり、そちらの方も見て貰おうかと思っていたが後日に回した方がいいかもしれない。

　《七月三十一日水曜日》

　今日も一件、綺麗な死体が発見された。

　同じ週に三件というのは初めてで、明らかに犯行が加速している傾向を示していた。

　犯行が加速するということは、犯人の増長か犯行動機の増加が考えられる。これまで
はその思念を読み取れなかった犯人に関しても、今ならなにかわかるかもしれない。

　できれば、今日中に紗那に見て貰いたいと思った。

　しかし、そんな日に限って紗那からの電話はない。

　いつもなら事件が報じられたら直《す》ぐに公衆電話からかけて来るのに、昨日のことでそん
なに怒っているのだろうか？

「先輩、今日はやけにスマホ見てますね」

　殆《ほとん》ど無意識だったが、タチバナに指摘されるくらいにはケータイを見ていたらしい。

　俺が注意される側に回るとは、世も末だ。

「もしかして、昨日の彼女っすか？　誰にも言ってないんで大丈夫っすよ」

したり顔のタチバナが少し癪《しゃく》に障る。

「いいから仕事に集中しろ、俺は少し外回ってくる」

「俺もいきますよ」

「いや、一人でいい」

席を立とうとしたタチバナを止めて、課を出た。

ただでさえ忙しいのに勤務時間内に私用で人捜しなど、部下を連れてはとてもできない。

しかし探すと言ってもどこを探すべきだろう？

大学、アパート、実家、占いビル、それくらいしか紗那《さな》がいそうな場所を知らない。

テスト期間と言っていたから、大学の友人の家にでも泊まって勉強しているのかもしれない。そうなると手詰まりだ。


「ったく、どこにいるんだ」

散々探したが、どこにも紗那はいなかった。

公衆電話からの着信もない。

相手がケータイを持っていないだけで、こうも接触が難しくなるとは思ってもみなかった。

「おっ確か、月摘《るつみ》君だったよなぁ」

突然の声。

人通りの少ない商店街、その向こうから大きな声で制服姿の警官が手を挙げている。

中年太りしたフォルムと、薄くなった頭髪。

遠くからでもわかりやすいそれらの特徴はつい先日話を聞いた酒井《さかい》だった。

「お疲れ様です」

「お疲れ、今日も暑いねぇ」

近付いてくると、彼の顔が汗で光っていることがわかる。この暑さだ、きっと俺も同じようなことになっているだろう。

「聞き込みかい、大変だねぇ」

「そんなところです」

「また、出たってねぇ」

酒井は一段階、声のトーンを落とした。言うまでもなく死体のことだ。

「はい」

「牟田《むた》の方も進展はないんだろ、報われないよなぁ」

「そうですね……牟田たちのことに関してなにか思い出したりしませんか、変わった様子だったとか」

「この間も言ったけど」

そこで酒井は言葉を区切って首を傾《かし》げた。

「あれ、言ったっけなぁ？」

変な事を言う。

そう思いながらも俺も記憶を辿《たど》る。牟田《むた》たちと会ったという話、それを確認してから俺は確かに酒井《さかい》に同じ質問をしたはずだ。

「言いませんでしたっけ？」

「そう、だよなぁ」

なんとなく釈然としない様子で酒井は手帳を取り出した。

そう、手帳だ。その手帳には見覚えがある。事細かにその日なにがあったか書かれた手帳は彼の勤務に対する姿勢が現れていた。

俺は確かに彼の手帳を見た記憶がある。

「んー、特になにも書かれてないからなぁ、やっぱりなにもなかったんだろうなぁ」

「そう、でしたね」

あの手帳になにも書かれていないということは、そういうことだろう。

「役に立てなくてすまないなぁ、月摘《るつみ》君もがんばれ」

「はい」

手を振って酒井と別れる。タチバナも情報はなかったと言っていた。俺や酒井がなにかを忘れているわけではないだろう。

《八月三日土曜日》

一週間振りの我が家だったが、気持ちはあまり落ち着かなかった。

事件の進捗は芳《かんば》しくなく、紗那《さな》とも会うことはできないでいる。

そんな中で、知海《ちひろ》の何気《なにげ》ない姿がなによりの癒やしだった。

「お兄ちゃん、あんまりため息つくと幸せが逃げちゃうよ」

知海が心配そうな顔をして俺を見ていた。

どうやら、無意識に相当ため息を吐いていたらしい。

「事件のこと？」

「まぁ、それもあるな」

「あっもしかして紗那さんのことだ、ケンカでもしたの？」

「ケンカって言うのとは少し違うんだが」

事情を説明すると知海はケラケラと笑う。

「それはお兄ちゃんが悪いよ」

同級生が死んでからずっと落ち込んでいたが、ようやく本当の意味で元気を取り戻して来たようだ。

「お兄ちゃん覚えてないの？」

「なにをだ」

「ちっちゃい頃、紗那さんをお姫様抱っこして結婚するとか言ってたじゃん」

言われてみれば、そんなことがあったような気もしなくはないが、そんな昔のことを紗那だって覚えてはいないだろう。

「そんな昔の話よく覚えてるな」

「きっと紗那《さな》さんも覚えてたんだよ」

「それはない」

覚えていたとしてもいつもあんな調子の紗那がそんなノスタルジックな思い出を大切にするタイプだとは思えない。

「でも、紗那さんと付き合ってるんでしょ？」

知海《ちひろ》は可愛《かわい》く首を傾《かし》げた。

知海にまでそう思われていたとは、頭を抱えたくなる。

「違う、もっとビジネスライクな関係だ」

「その割には最近よく一緒にいたじゃん」

紗那に協力して貰《もら》っていることは知海に話してはいないはずだ。

「なんで知ってる？」

「紗那さんから聞いたよ、あれから時々家に来てくれてたし」

「そうだったのか」

なんで俺にそれを言っていなかったのか、という疑問が最初に来たが、仕事で手一杯だったことも事実だ。紗那なりに配慮していたのだろう。

単純に飯目当ての可能性も捨てきれないが。

「今度会ったらちゃんと謝るんだよ？」

「会えたらな」

「きっと会えるって、生きてるんだもん」

そう口走った知海の目は少し潤んでいた。

ああ、まったく。また思い出させてしまった。

「そうだな」

しかし、生きてるという言葉に少し不安になる。

今まで考慮しないようにしていたが、事件に巻き込まれたという可能性もある。

いや、これまでの事件の傾向から巻き込まれたのなら当日もしくは翌日には遺体があがっている。

殆《ほとん》ど事務的にそう考えて直《す》ぐに「冗談じゃない」と打ち消した。

きっと、紗那は無事だ。

「どうしたの？」

顔に出ていたのか、知海が俺の顔を覗《のぞ》き込む。

「いや、なんでもない」

「ホント？　なんか、すっごく難しい顔してたけど」

「仕事のこと考えてただけだ」

あながち嘘《うそ》ではないが、知海は納得していないような顔で俺を見ている。

これ以上、知海《ちひろ》に不安をかけたくはない。

「本当だよ、そうだ、あかって何のことかわかるか?」

誤魔化《ごまか》すために咄嗟《とっさ》に、紗那《さな》が最後のサイコメトリーで見たメッセージを口走った。

「色じゃないの?」

「だよな、あか、まもれなかった、ごめん、って言葉を紗那が見たんだ」

「へぇ、それどこで?」

一瞬だけ、驚いたように知海の目が開いたが、直《す》ぐに戻った。

「事件現場だ」

「えっ、それって紗那さんが捜査に協力してるってこと?」

再び驚いたような顔を知海がする。

どうやら紗那はそこまでは話していなかったらしい。

彼女の配慮を自分から台無しにするとは、怒られても仕方ないかもしれない。

「まぁ非公式にな、誰にも言うなよ」

「言わないよ」

知海はテレビのリモコンに手を伸ばして、テレビを消す。

その指にはまっている指輪に目が留まった。

「なぁ、知海、その指輪って流行《はや》ってるのか?」

「えっコレ?」

「最近、似たようなのをしている人が居たからな」

「どうだろ、わかんないや」

「そうか」

美久月奏《みくづきかなで》の遺体は指輪をはめていなかった。

それが事件とどういった関係なのかはわからないが、刑事としての勘が無関係ではないと告げているようだった。

この期に及んで知海まで事件に巻き込まれるなんて想像もしたくない。

指輪の件はきっと俺の考え過ぎだろう。

「あっ、そう言えば紗那さんが最後に来たときにお兄ちゃんに渡してって手紙預かってたんだった」

思い出したように紗那が席を立って、部屋から細長い茶封筒を持ってきた。

《?月?日?曜日〜?月?日?曜日》
『自分の葬式、そこで泣いていた自分、もしくは彼。
それはどうあがいても恋だよ。完璧超人な君がそんなこともわからないなんて。
彼女のことはきっと守るよ。

アカ、ごめん。守れなかった。

僕は無力だ。』

十章　月摘知海

Grab your desires with your own hands.

《八月三日土曜日》

紗那《さな》さんからの手紙を見たお兄ちゃんは難しい顔をして固まっていた。

「なんて書いてあったの？」

後ろから覗《のぞ》くと、手紙には「タチバナに注意して」と大きく走り書きされている。

「橘《たちばな》さんって、お兄ちゃんの部下だよね？」

「ああ、でもなんでタチバナなんだ」

お兄ちゃんは手紙を裏返したりして、他にメッセージがないかを探す。

「仕事の時ずっと一緒にいるし、お兄ちゃんを取られると思ったんじゃない？」

私が冗談で言うと、お兄ちゃんは笑った。

「流石《さすが》に男に嫉妬はしないだろ」

「えっ？」

今度は私が難しい顔をする番だった。

「橘さんって、女の人でしょ？」

「は？」

「あれでしょ、橘《たちばな》さんってお兄ちゃんの部下で、大卒で警察になった、細身で背の高いスラッとした人だよね？」

もしかして橘って名前の人が二人いるのかと思って、私は記憶の中の橘さんの特徴を思い出しながら挙げていく。

「いや、そんなわけ……」

お兄ちゃんは頭をかきながら手帳を取り出して、ペラペラと捲《めく》って、途中で何かに気付いたように手を止めて「三年？」そう呟《つぶや》いて、また頭をかいて、顔を上げた。

「どうしたの？」

「少し出てくる、戸締まりはしっかりしろよ」

慌てたように、それだけ残してお兄ちゃんは家を出て行った。

よくわからないけど、たぶんお兄ちゃんはなにかに気付いたんだと思う。

全部、いまさらだったけど。

家で一人になるのは慣れてる。

時計の音が大きく聞こえた。

なにも映っていないテレビに私が反射してた。

お父さんとお母さんが死んでから、お兄ちゃんが警察学校に入って、この家での時間の殆《ほとん》どが一人の時間だった。

でも、やっぱり少し寂しい。

こういう夜の寂しさを紛《まぎ》らわすために見始めたのがアニメだった。

アニメの中だと楽しいことが沢山あったし、私よりも辛《つら》い境遇の子が頑張っていた、いつの間にかアニメは私の生きる糧になっていた。

中学までの友達は勧めてもあまりアニメにはハマってくれなくて、高校になって祐樹《ゆうき》君たちとアニメの話をできるのが凄《すご》く楽しかった。

一人で居るとこの家は本当に静かだ。

祐樹君が死んでから、アニメは見ていなかった。

私までいなくなったら、この家は本当に寂しくなる。

「君の家はいつも一人だね」

いつの間にか、目の前に毎週欠かさず土曜日に現れている少年が立っていた。

「兄は忙しいので」

「そうだろうとも」

いつものように私の返事にあまり興味がなさそうな少年は、今日はクジを引く必要がないと私に伝える。次の試合が最後だと。

「これは君にとって幸運かな、それとも不幸かな」

「いいことだと思いますよ」

「ふむ、君は結局この一度しか戦うことなく終わるわけだ、人によっては不幸だと思うだろうが、君は違うらしい、ならば幸運だな」

祐樹《ゆうき》君と凛空《りく》君を奪ったこの大会が終わる。

「そうですね」

「ふむ」

私の反応が珍しいのか少年はまじまじと私を見て頷《うなず》いた。

「勝つつもりのない目をしているな」

「私の異能じゃ勝てませんから」

「まぁ誰が残ろうと構わないよ、大会が無事に終わればそれでいい」

「あの、一ついいですか？」

「なにかな？」

「この大会の目的はなんだったんですか？」

「君が勝ち残れば教えてあげよう」

笑いながらそう言い残して、少年は姿を消した。

どこに笑える部分があったのかと考える。

こんな大会がなければ祐樹君は死ななかった。

こんな大会がなければ、月曜日きっと祐樹君は少し気まずそうに私に挨拶をして、私はそんな祐樹君を笑って、きっと祐樹君は相変わらず月摘《るつみ》さんって言ってくるから、「土曜日は名前で呼んでくれたのに」なんてからかって……。

でも、一つだけ、本当に一つだけ望みがある。

死んだ人間は生き返らない。

そんなこと私が一番知ってる。

《八月四日日曜日》

最後の会場は市営体育館で、蛍光灯に照らされて光る床がまぶしいくらいだった。

「月摘先輩」

その光を吸収するような対戦相手が姿を現した。

「八色《やいろ》ちゃん？」

上下黒のジャージに真っ黒な髪、夜をそのまま持ってきたような彼女は私を見て笑った。

「へぇ、先輩も異能者だったんですね、あの時殺さなくてよかった」

「そっか、八色ちゃんがそうだったんだね、先週のも八色ちゃん？」

「先週の、どれです？」

驚くほど真っ直《まっす》ぐに、真っ黒な目が私を見る。

「それって」

「今更、どれでもいいじゃないですか、安心してください、直ぐに死ねますから」

その目にあの少年と同じものを感じて、思わず立ちすくんだ。

「揃《そろ》ったか、それじゃ始めていいよ」

ガラガラと体育館を開けてスーツ姿の若い男性が入って来た。

姿こそ違うけれどあの少年であることが直《す》ぐにわかる。

視線を若い男性から八色《やいろ》ちゃんに戻すと、何も言わずに近づいて来ているところだった。

「待って」

八色ちゃんは戸惑うことなく、普通に、止まることなく、右手を伸ばす。

「嫌です」

八色ちゃんの手が私に触れそうになる。

違う、私が話しかけたのは八色ちゃんじゃない。

「祐樹《ゆうき》君！」

私は叫んだ。

確信なんかどこにもなかった、ただ、そうあって欲しいと思っていただけなのかもしれない。

紗那《さな》さんは言った。

私には祐樹君の想《おも》いが憑《つ》いてるって、でもそれはたぶん嘘《うそ》だったんだと思う。

それは少し寂しいけど、紗那さんが事件現場で見た「あか」それが「アカ」だったら？

凛空《りく》君のなにかを守れなかったことを、祐樹君が謝ってるとしたら？

なにかのせいで、祐樹君がまだ「生きて」いて戦いの場にいるとしたら？

「はっ？」

私の叫びに、八色《やいろ》ちゃんは眉をひそめて、右手は私の目の前で止まった。

「なんで？」

次の瞬間、突然吹いた風が私の身体を吹き飛ばす。

「祐樹《ゆうき》君、いるの？」

立ち上がって、辺りを見回すけれどどこにもその姿はない。

見えるとは思っていない、でも確かに祐樹君はいる。たった一つの望みが確信に変わった気がした。

「なにをしたんですか、るつ」

戸惑いながら、私に向かってまた歩き始めた八色ちゃんの口が詰まるように止まり、それに驚いた八色ちゃんが自分の喉に手を当てる。

「ち、ひろ、さん」

絞り出すような声で、八色ちゃんの喉の奥が私の名前を呼んだ。

「祐樹君？」

なにが起こっているのかを全部は理解できなかったけど、八色ちゃんの中で祐樹君が生きている。それだけは、わかった気がした。

「なに、これ？」

自分の喉から出た声が信じられないように、八色ちゃんは目を泳がせ、頭を振る。

「こんなことあるはずがない、先輩は死んだじゃないですか、なんでいまさらっ！」

「なんでかわからないけど、生きてるんだよ、八色ちゃんの中で」

「ふざけないでください、これが月摘《るつみ》先輩の異能ですか、幻想を見せて私を惑わせるつもりですね、あなたらしい」

さっきよりも大股で、八色ちゃんは私の方へと向かってくる。

「その異能で先輩もたぶらかしたんですか」

「違う、聞いて八色ちゃん」

「あなたみたいな人間が一番気にくわないんですよ、誰からも好かれるような顔して、自分に自信があって、その気になれば誰だって自分のものにできるくせに、なんで先輩だったんですか、なんで私の先輩を」

瞬《まばた》き一つしない八色ちゃんの目は、怒りと悲しみで少し潤んでいた。

でも、私だって譲れないことはある。

「誰でもいいわけないでしょ、私の話を本当に嬉《うれ》しそうに聞いてくれるのは祐樹君だけだった、一緒にいて本当に楽しいのは祐樹君だけだった」

これを祐樹君に聞かれていると思うと、頬《ほお》が熱くなるけど、それでも叫ぶ。

「私が好きなのは祐樹君だけだった！」

ここで伝えないと一生伝えられないような気がしたから。

目の前に迫った、八色ちゃんが右手を私に伸ばして、今度こそその右手は私の腕を掴《つか》んだ。

痛いくらいに握りしめられる左腕に、八色《やいろ》ちゃんの想《おも》いの強さが伝わる。

どちらがより強く祐樹《ゆうき》君のことを想っていたのかなんてわからない。

祐樹君は八色ちゃんのことを好きだったのかもしれない。

それならそれでいいと思った。

祐樹君にちゃんと伝えられたから。

「どうして!?」

私の腕を握ったまま、八色ちゃんは驚きの声を上げた。

「なんで壊れないの？」

驚いた表情のまま、八色ちゃんの喉の奥が音を出す。

「や、いろ、ごめ、ん」

彼女の左手が右腕へと伸びた。

「そんな……大迫《おおさこ》先輩？」

動く自分の左手が信じられないように、八色ちゃんはそれを凝視して小さく呟《つぶや》く。

そして、左手が右腕に触れる。

「そう、ですか」

なにかに納得したように八色ちゃんは最期、いつも通りのポーカーフェイスに戻って、遠くを見た。

同時に力を失ったように、彼女はその場に倒れ込む。

「八色ちゃん？」

触って、直そうとして、直《す》ぐに気付いた。

死んでる。

頭の中がパニックだった。

なんで？　祐樹君がやったの？　異能？　祐樹君はどうなったの？　これで終わり？

色々な考えが、一気に湧き出て、収集が、つかない。

「死んでも魂は直ぐに消えずに残るの」

混乱する頭の中で、紗那《さな》さんの言葉が不意に思い出された。

八色ちゃんの死体に触る。

なにをしようとしているのかと、わかっていながら自分に問う。

手が震えていた。

私の異能は触った全てのものを「直す」ことができる。

直すってことは、「元の状態に戻す」ことと「より良い状態に変える」ことと「別の状態に変える」って意味があって、私はその全てができる。

死んだ身体を生きていたときの状態に直すこともできる。それでも死んだ人間は生き返らない。

人の身体を別人のものに作り替えることができる。それでも中の人間は変わらない。

本来なら。

「ごめんね、八色《やいろ》ちゃん」

こんなこと許されない。

許されないと思いながら、私はそれをした。

どんなに許されないことでも、可能性が皆無でも、祐樹《ゆうき》君にもう一度会えるなら。

私の目の前で、私の手で、八色ちゃんの死体は祐樹君の身体に直される。

祐樹君の身体がそこに横たわって、呼吸をしていた。

それだけで、罪悪感よりも感動が上回って泣きそうになる。

「祐樹君」

でも、目を開くことはない。

「どうやら勝負あったようだね」

若い男性が革靴の音を体育館の床に響かせながら近づいて来た。

「なにか、面白いことをしようとしてたみたいだが」

彼は屈《かが》んで、祐樹君の指から指輪を抜き取る。

「さて、君のも渡して貰《もら》おうか」

静かに、でも威圧するような声に抵抗できず指輪を差し出す。

私の手から指輪を受け取った彼は、満足そうにそれを見た。

「最後まで残ったら、賢者の石が手に入るんじゃ」

「ああ、そう言えばそんな約束もしていたね」

まるで興味なさそうにそういった彼は私を軽く手で押す。

それだけで私の身体は体育館の壁まで吹き飛ばされ、激しく背中を打つ。

背中の痛みに瞑《つぶ》った目を開けると、間髪入れずに切っ先の鋭くなった氷の塊が真《ま》っ直《す》ぐに飛んできているところだった。

避《よ》ける間もなく、その氷は私のお腹《なか》に突き刺さる。

冷たさと、熱さと、痛さが混ざった経験したことのない感覚がお腹に走る。

「さて、これで終わりだね」

十一章　和抄造

Grab your desires with your own hands.

賢者の石。

様々な歴史に登場する、あらゆる願いを叶《かな》えることができるという究極の物質。

便宜的にこれをそう呼んでいる。

これは正しい説明ではないな。

元来、これこそが賢者の石と呼ばれる物質で間違いはない。

元々はある人物の異能によって創られたものだが。

しかし、その実情は伝承にあるような物質とは少々異なる。

ここが問題だ。

この物質の特異な点は様々ある。砕いても触れれば元に戻り、砕かれたかけらは元の大きさと相違ない形状を取る。その特性は付帯する物質にも適応される。今回の場合は指輪だ。あらゆる高熱に耐え、いかなる光もその外に出すことはない。

だが、賢者の石と聞いて最も誰もが思い描くような機能。そう、あらゆる願いを無尽蔵に叶えるような機能は残念ながら存在しない。

あらゆる物質を金に変え、人に不老不死の力を授け、無限の知識を授けるような機能は存在しない。

この石にあるのはそこに蓄積されたエネルギーに応じて現実世界に干渉することができるという機能だ。

しかし、十二分にエネルギーが満たされた状態であればこれは概《おおむ》ね伝承通りの賢者の石として活用することができなくもないが。

「さて、ここからが重要だ」

少々長い講釈を垂れた訳だが驚くべき事にその間も月摘知海《るつみちひろ》はまだ生きていた。

腹に刺した氷塊は水に変えられ、腹に開いた穴は綺麗《きれい》になくなっている。

不便なものが大多数の異能において彼女のものは実に有用らしい。レアリティで言えば文句なしにSSRだろう。

たった一度の試行でそれを手に入れられるとは実に羨ましい。

「これを用いるために必要なエネルギーとはなにか？　わかるかね、月摘知海君」

奇《く》しくも生きていることで、約束通りに大会の目的を聞くことになった彼女は首を振る。

「陳腐に言えば、人間の感情だよ、喜怒哀楽、憧れ、恨み、嫌悪、なにでも構わない、これを身近に置いた者の感情に応じてこれはエネルギーを貯《た》める、素晴らしいだろう？」

わざわざ指輪を掲げて見せながら説明してやる。珍しい親切だ。

「それと大会にどういう関係が」

「人間の感情が最も動くのはどういう時だと思うかね？」

さして難しくない問いに彼女は「好きな人といる時」と答えた。

思いがけない稚拙な言葉に思わず笑ってしまう。

「それは素敵だが残念ながら違う、死だよ、死に直面すること、死の可能性に近付く時こそ人間の感情が最も動く、およそ生物は死を忌諱《きき》するようになっているからね、中でも治安のいい地域の人間は死を殊更重大に考える傾向がある」

「私たちを殺し合わせる為《ため》？」

信じられない、もしくは信じたくないと言ったような表情を彼女はする。それほど意外な話をしたつもりもないが。

「正確には殺し合いという特殊な状況で発生する非常に強い感情を賢者の石に与えるためだね、なに驚くことではない、有史以来形式を変え度々行われて来たことだ、そして重要なのが期間だ、短絡的な死はその場の感情こそ強いが効率的とは言えない、定期的な死と生存の可能性が感情と言う面ではいい働きをする、ついでに異能者である方が賢者の石なんて君たちからすれば非現実的なものを容易に受け入れ、殺し合ってくれる」

「だから、私たちが選ばれた」

「そうだよ、ついでに異能者を消せれば楽だ、君たちは脅威と言うには足りないがモブと言うには目障りだからね」

「それでなにをするつもり？」

「なにを？」

おかしなことを言う。

「世界を支配するとでも言ってほしいのかな、それとも無敵の力を手に入れるとでも？」

まぁ、後者に関してはは方向性としてはそれほど遠くはない。

「残念ながらそんな大それた願いは抱いていなくてね、先《ま》ずは今回の後始末をする、余った分で異能ガチャを回すのと、寿命を追加する予定だな、平たく言えば生き続ける為に使う、言っただろう、およそ生物は死を忌諱すると、誰だって死にたくはない、死にたくないのなら生き続けなければならない」

「生きて、どうするの」

「君はソクラテスかな？　生きることに意味などない、ただ死にたくないだけだよ、その為に繰り返し大会を開き賢者の石にエネルギーを貯《た》め、寿命を延ばし、異能を手に入れ、生存し続ける、その繰り返しだ、しかしこう長い間続けると飽きてきてしまってね、大会もかつては一般人に知られることがないように細心の注意を払っていたが、こう情報化社会になってしまうとそれもバカらしいということで、今回は思い切って殆《ほとん》ど隠蔽をしなかったのだが、まぁなかなか楽しめたよ」

楽しめたと言うのは、驚くべきことに事実だった。

かつてないほどに、市井に知れ渡ることとなった今回の大会は、街の混乱も相まって面白いものだった。

警察の混乱、怯《おび》える市民、参加者の動きもそれなりだった。

中でも面白かったのは、徒党を組んで刃向かおうとした者がいたことだ。まぁ彼らのおかげで想定していたよりも集まった量が少なくなってしまった事に関しては残念と言う他ないし、直々に手を下さなければならなかったと言うのも煩雑ではあったが、興味深い現象ではあった。

しかし、面白い時間はいつかは終わる。

「さて名残惜しいが、君にも死んで貰《もら》おうか」

生半可な傷では一瞬で治癒されてしまうようだから、即死させてあげよう。

「タチバナ！」

一歩歩いたところで、声が咎《とが》めるように響く。

招いたつもりのない客がやってきたらしい。

そう言えば結界を解いていた。あの異能を発動するには集中力がそれなりに必要なのだ。

便利な異能ではあるが、ＳＲ程度。賢者の石で隔離した方が確実だったな。

扉を開けて現れたのは、実に予想外のキャラクターだった。もしくは想定内のキャラクターでもある。

大半の人間がそうであるように、ガチャで言うところのハズレ、本来名前すら覚えられず枠を圧迫するからと砕かれ合成され捨てられるコモン。

異能者というＳＲしか存在し得ない話に場違いにも入り込んだコモン。

「君をここに招いた記憶はないが」

月摘重護《るつみじゅうご》は拳銃を抜き、銃口をこちらへと向けていた。

「お兄ちゃん！」

月摘知海《ちひろ》が声を上げる。

「知海!?」

同様に月摘重護も声を上げたが、感動の再会と言うには場所が悪い。

「どういうことだ、タチバナ、説明しろ」

「さて、二度手間になるのは嫌なんだが、察して欲しいな月摘重護、いや月摘先輩と言うべきか」

獅子《しし》身中の虫とはよく言ったものだが、やってみるとこれは非常に面白かった。

特に彼の存在は実に滑稽だったと言える。

「その猿芝居はもういいぞ、お前がタチバナじゃないことはもうわかってる」

「自力で気づけるとは恐れ入ったよ、どうしてこの場所がわかったのかな？」

「後をつけさせてもらった」

「最後だからと徒歩で移動したのは迂闊《うかつ》だったかな？　それにしてもよく気付けたね、ある程度の情報では解けないような誤認を与えたつもりだったが」

今回の大会を開くにあたって贅沢《ぜいたく》にも賢者の石でかけられた誤認だったのだが。

「知海と紗那《さな》だ、二人に言われなければ勘違いで片付けるところだった」

「紗那《さな》？　ああ、あの彼女か、君が事件現場を見せるくらいだから彼女も異能者だったわけか、大会開始時には街にいなかったのだな、その可能性を考慮していなかったのは迂闊《うかつ》だった、しかし親しい人間複数人から指摘されると解ける可能性があるというのはいい発見だ、今後の参考にしよう」

「今後があると思うのか？」

どうにも、彼は自信にあふれているように見える。よもや異能の存在を知っている彼が戦って勝てると思っているわけでもあるまいに。

「あると思うが、後々の為《ため》にその理由を聞かせてもらっていいかな」

「俺がなにも手を打たずにここに来たと思うのか？」

なるほど、一般的に見ればとても仕事熱心な刑事である彼が、映画やドラマの誰彼のようにどこにも報告を入れずに動くわけはない、という道理なのだろう。以前刺された時にも、真っ先に部下のタチバナに連絡を入れるような人間だ。

「周到と言うわけか、流石《さすが》は月摘《るつみ》先輩」

もしくはブラフであるかもしれないが彼を評価してこの場は乗ってあげよう。

「諦めて投降しろ」

「しかしいいのかな？」

ここからの問答に大して意味はないが、彼に捧《ささ》げる余興としては悪くはない。楽しませてくれた分の報酬というわけだ。

「なにがだ」

「君だよ、そして君の妹だ、月摘重護《じゅうご》、わかっていたはずだろう、もしくはわかろうとしていなかったのかな？」

月摘重護は事件現場で彼がよくしていたような怪訝《けげん》な表情を浮かべる。

「月摘知海《ちひろ》という異能者を身内に持つ君が今回の件でその可能性を真っ先に思い浮かべない筈《はず》がないだろう？　それなのに、月摘重護、君ときたら事ここに至るまでその可能性を署内の誰にも告げようとはしなかった、よもや自分の妹や知人だけが神に愛され不思議な力を授かった存在だとは思っていなかっただろうに、君は異能と異能者の関係者としてそれを隠匿せしめようとしていたのだろう？　轟《とどろき》の件は惜しかったね、異能ではなく刃物での殺人だ、彼を犯人として終わらせることができたのなら方々丸く収まると思ったかな？」

「なにを」

「こう言っているのだよ、犯人までとは言わずとも、君は事件の裏に誰よりも早く気づける立場に居て、それを阻止できる可能性さえ持っていたのにもかかわらず、異能という存在を世間に知らしめることが恐ろしいあまりに黙認した共犯だとね」

まぁこうは言うものの、実際問題彼がなにかしらこの大会の妨害をできたかと言えば疑わしいわけだが、そこはあまり重要ではないだろう。その実、牟田《むた》たちのもたらした情報は全て消した。タチバナという部下が逆臣であるということを加味すれば尚更《なおさら》、彼を責めるのはお門違いだろうが彼の敵愾心《てきがいしん》を煽《あお》るのは存外楽しい。

「わかったようなことを言うな」

少々煽りすぎたのか、月摘重護《るつみじゅうご》は拳銃の引き金へと指を掛けた。

「物騒だね」

ここら辺で余興も終わらせるとしよう。

予定とは狂うものだ。

長く生きて、予定通りになったことなど数えるほどしか存在しない。そのイレギュラーこそがこの世の面白味《おもしろみ》でもあるが、結末は思い通りでなければ仕方ない。

終わりよければ、というものだ。

「手を上げろ」

いはやは、長く生きてきたが現実にそんな言葉を使われるとは思ってもみなかった。

「いいとも」

貴重なその言葉に逆らっては興ざめだろう。

本来なら月摘知海《ちひろ》を殺してから始めようと思ったのだが、多少予定が前後するくらいは調和の内だ。

「お前が今回の事件の首謀者だな」

今更、確認のように月摘重護はそう言ってみせる。

「大きな視点で見るのならそうだが、終わってしまえばその問答に大して意味がなかったと気付くだろう」

　今回、賢者の石は想定していた期間よりもやむを得ず短くなり、エネルギーも必然減ってはいるが、まぁ構わないだろう。

　さらに、これを行えばその半分以上を消費してしまうのは少々痛い。

「なにを言っている」

「銃を下ろせとは言わないよ」

　人の記憶というのは本人たちが考えているよりも曖昧であり、都合がいいものだ。

　思い返そうとしなければ過去の記憶は直《す》ぐに薄れ、多少の齟齬《そご》や違和感は補完される。

　今回の大会が始まったのは六月十六日日曜日。

　まぁとは言え、八色真澄《やいろますみ》が行った犯行も含めれば、六月十四日金曜日から処理してあげるべきだろう。

　その方が後々楽だ。

　月摘重護から目を逸《そ》らし、賢者の石を見る。

　いつ見ても、これは美しい。

　六月十四日金曜日から本日、八月四日日曜日までのおよそ二ヶ月の間にこの街で起きた不審死、変死、他殺の記憶と記録を自然死と事故死に置き換える。

　さて、光り始めた指輪に月摘重護は銃を構える手を下ろそうとはしない。

　見上げたものだ。

しかし、直《す》ぐにその意味もわからなくなるだろう。

賢者の石からの光が体育館を包み、あふれだし、街全体を包む。

文字通り瞬く間に、光は世界を巡ったことだろう。

「なかなかどうして、格好《かっこ》いいものじゃないか、とある映画で見てね一度やってみたかったのだよ、そのために今回はこういった形式にしたと言っても過言ではない」

しかし、効率で考えれば旨味《うまみ》は少ないので今後は行わないだろうが。

事実改変は非常に大量のエネルギーを消費する。

仮に異能の存在などが世界に知られることになれば、今回得たエネルギーでは足りなかっただろう。

次にするのなら、いつかの時のように船ごとまとめて無人島にでも連れ去り、殺し合わせてみようか、あれは存外効率的だった。

しかし、得たばかりのエネルギーがこう無為に消えていくのは少々心苦しい。

残りのエネルギーはいつものように異能に回すとしよう。

寿命の方には百年も回せば、次回まで猶予はあるだろう。

異能を創り出すのはソーシャルゲームのガチャに似ている。まぁあれに比べれば明らかに渋いが、そこがまた面白い。望んだ異能を創ることなどできず、無為に異能を発現させるだけ、それに使うエネルギーもまた少なくない。

神の存在など信じてはいないが、いるのだとしたら非常に搾取が上手《うま》い運営だと言わざるを得ない。

さて、光が止まり月摘重護《るつみじゆうご》は呆然《ぼうぜん》と銃を構えたまま焦点の合わない目で虚空を見ている。記憶の整合性を合わせるために脳がオーバーフローしているのだろうか。彼は特に今回の大会に外部とはいえ関《かか》わっていたから、無理もない。

他方、月摘知海《ちひろ》は割合しっかりとこちらを見ている。

意識こそまだ盲聾《もうろう》とはしているが、月摘重護ほどではないらしい。

参加者だから効きが甘かったのだろう。

記憶に整合性の付かない異物が存在すると、やはり上手く置き換えが成功しないのか。

どちらにせよ殺せばいいだけの話だが。

「名残惜しいが、終わりにしよう」

似たような台詞《せりふ》をつい先も言った気がする、まぁ構わないだろう。

近頃は氷塊が気に入っているが、瞬殺にはあまり向かないか。

なにか、いい異能を持っていただろうか？

使わないと忘れてしまうな。

「和抄造《にぎしようぞう》！」

一歩進んだ所でまた、いくつかある内の一つの名前を呼ばれる。

ふむ、まだ無粋な招かれざる客がいただろうか？

声の方向に振り向くよりも先に、猛烈な風がこの身を吹き飛ばした。

十二章

主人公

Grab your desires with your own hands.

声だった。

消えかかった僕を繋《つな》ぎ止めたのは、知海《ちひろ》さんの声だった。

「祐樹《ゆうき》君」

夢から覚めるような、現実に潜るような感覚。

手があって、足があって、身体があった。

思うままに動かすことができる自分があった。

そんな当たり前が、久し振りだった。

「アカは僕が思っていたよりもずっと普通の奴《やつ》だった、あいつは努力して特別になってたんだ」

僕は本当に久し振りに自分の言葉を話す。

風で壁まで飛んだ和抄造《にぎしょうぞう》はまるでダメージがないように、普通に立ち上がった。

「君は……すまない、覚えていないのだが、誰だったかな?」

「こんな場面で登場するのはいつだって主人公に決まっているだろ」

ふふっ、と和抄造はいつかの時のように小さく笑う。

「面白いな君、いいじゃないか誰もがその人生では主人公だろう」

誰がそんな陳腐な意味で言ったりするもんか。

僕は全てを見て来た。

僕はアカだった。僕は轟巧《とどろきたくみ》だった。僕は美久月奏《みくづきかなで》だった。僕は八色真澄《やいろますみ》だった。

僕は大迫《おおさこ》祐樹だ。

「お前を倒す主人公だって言ったんだ」

「ほう、戦おうと言うのかね」

少しも驚いた顔をせずに和抄造はどこからともなく氷塊を無数に作り出す。一つひとつが腕の大きさ程もある氷塊だ。

そしてそれを一斉に撃ち出した。

轟巧なら難なくよけられるだろう。アカの運動神経でもできるかもしれない。

ただ、避《よ》けるのは悪手だと知っている。

「美久月奏は一瞬だけ見ることのできた視力のある世界をずっと忘れなかった、それが彼女の最初の願いだった」

右手の親指と薬指をつけて、自分の周りに見えない壁を作り出す。氷塊は悉《ことごと》くその壁に当たって砕けた。

「でもそれ以上に名前も知らないアカに惹《ひ》かれてた、彼女の最後の願いはアカと再会することだった」

恋にさえ届く前に消えた二人の想《おも》いは確かに僕の中にある。

「驚いた、君は記憶を保っているらしいな」

ようやく、和抄造《にぎしょうぞう》の表情に僅かな驚きが浮かぶ。

「自分が死んだことを忘れられるわけないだろ！」

初めて死んだ時、こう言うと変な感じだけど、初めて死んだ時、アカに殺された時。僕は確かに死んだ。

自分の異能がなにかわからないまま、確かに死んだ。

と、思った。

「奇妙なことを言う」

体育館が大きな音を立てて軋《きし》んだ。

和抄造が両手の指を全てくっつけている。その動作は轟巧《とどろきたくみ》が見たことがある。物体を錆《さ》びさせる異能だ。こんな範囲で使えるとは知らなかったけど。

音は次第に大きくなって、屋根が落ちて来た。

「さて、君自身は守れるようだが、月摘重護《るつみじゅうご》と月摘知海《ちひろ》まで守れるかな？　それとも守る必要もないかな？」

体育館全体が崩壊する音に紛《まぎ》れて、和抄造の声が聞こえる。

急いで知海さんの元に駆け寄りながら、呆然《ぼうぜん》と立ち尽くすお兄さんを風でできるだけ自分の方へと吹き飛ばし、右手と左手でそれぞれ内と外に壁を作り、二人を守る。

美久月奏《みくづきかなで》の異能は右手で自分の周りに、左手で自分からおよそ十メートルまでの範囲にもう一つの壁を作ることができるというもの。範囲内なら壁は歩くよりも遅い速度で動かすことができる。

目が見えない彼女にとって、これはもう一つの世界を認識するための器官のようなものだった。

「ふむ、そう言えばそんな異能を持った参加者がいた気がするな、いい異能だ、ＳＳＲはあるだろうか、羨ましいものだ」

体育館が完全に倒壊し、土埃《つちぼこり》が晴れ、無数の瓦礫《がれき》となった体育館の上に和抄造はなぜか嬉《うれ》しそうに立っていた。

僕の周り、見えない壁に守られた場所だけが無事だ。

「では耐久度勝負といこう」

慌てる様子もなく、和抄造はゆっくりと近づいてくる。

その余裕は轟巧と戦った時とまるで変わらない。

アカに殺されて、死んだ僕は次の瞬間にはアカになっていた。

最初は状況がまるで飲み込めなかった。

僕は大迫祐樹《おおさこゆうき》でありながら、赤根凛空《あかねりく》の記憶を持っていて、赤根凛空の中で大迫祐樹として生きていた。自分の葬式を見る不思議さ、そこで泣くアカをその内側から見る不思議さ、自分の居ない日常を生きるアカを見る不思議さ、初めは願いが叶《かな》ってしまったのかとも錯覚した。

少年が見せたように、僕は確かにアカになっていたのだから。しかし、直《す》ぐにそうではないと知った。アカがなにを考え、どう動こうとして、実際にそう身体が動き、どんな感覚で異能を使うのかさえわかっても、それは僕の意思で動くのではなく、アカの意思だったから。

この状態が自分の異能によるものだとわかったのは、アカが轟《とどろき》巧《たくみ》に殺された時だった。

「概して接触を要求する異能は強力である場合が多いわけだが、これも例に漏れず強い異能でね、手で触れ、与えた影響を数倍にするというものなんだよ、SSR同士の戦いだな」

和抄造《にぎしょうぞう》は外側の見えない壁の前に立ち、大きく右腕を振り上げると壁を思いっきり殴った。

しかし、見えない壁はびくともしない。

「ふむ、なかなかの強度じゃないか、ではこれではどうだろう?」

一瞬、和抄造の身体が歪《ゆが》んだかと思うと、彼の身体は顔の変わらないまま、不自然なほど筋骨隆々としたものに変わっていた。

「ここに、もう一つ異能を加えるっ」

大きく息を吸った彼は先ほどと同じように大きく右腕を振り上げ、壁を思いっきり殴る。

空気の爆《は》ぜるような音を立てて、外側の見えない壁が吹き飛んだ。

痛みに似た、鈍い感覚が伝わる。

美久月奏《みくづきかなで》の記憶では大型トラックの衝突にさえなんなく耐えた壁が、一人の人間の拳で破られたが、それほどの驚きはない。

和抄造の強さは轟巧の記憶で知っている。

「さて、耐久勝負は君の負けのようだね」

そうは言うものの、彼の拳も無事ではないようで、へしゃげ、骨が突き出し血が滴っていた。あれだけの威力に人体が耐えきれないらしい。

「ああ、これかい？　気にしなくてもいい」

左手で指を鳴らすと、彼の右手は何事もなかったかのように戻っていた。

「どうだい、便利な異能だろう？」

これも、轟巧が見たことのある異能だ。

アカが轟巧に殺された時、僕はアカの中でそれを見ていることしかできなかった。僕はひたすらに無力で、親友が斬られるのを親友の中で見ていた。これで、こんどこそこの不思議な状態は終わって、僕は死ぬのだと思った。

そう思った僕はその次の瞬間には轟巧になっていた。

「限定的な範囲での時間操作といった所ですよね、轟巧の傷を一瞬で治し、刀まで修繕するような便利な異能をあなたは持っていない、恐らく予《あらかじ》め設定した任意の対象にだけその時間の状態まで戻すというものですか？　初めからあの戦いで轟《とどろき》巧《たくみ》を殺す気はなかったんですよね」

「驚いた、ご明察だ、ＳＳＲ、私の持ち得る最高レアリティの異能だよ、素晴らしいだろう？」

自慢するように、和抄造《にぎしようぞう》は両手を広げて見せた。

「轟はお気に入りだったからね、確かにあの場では殺すつもりはなかったよ、なにより探すのさえ面倒な参加者を無闇矢鱈《やたら》に減らしたい主催者などいないからね、四人も殺した後では説得力に欠けるか、まぁしかし不思議だな、あの場には誰も居なかったはずだが」

「居ませんでしたよ、ただ僕は知っているだけです」

「知っている、ふむ、君はどうやら面白い異能を持っているようだ、知識に関する異能かな？　非常にレアリティの高いものだが」

和抄造がこちらに歩いてくる。

「それに複数の異能を持つ者は希《まれ》でね、長く生きたがこれまでに一人しか会ったことはない、それも殺したわけだが」

僕は周囲を見回し、瓦礫《がれき》の状態を確認する。

やはり金属を錆《さ》びさせる異能を用いたらしく、鉄は中まで完全に錆びていて、ボロボロでとても脆《もろ》そうに見えた。コンクリートは酸化の膨張に耐えられず割れたようで、大きな塊と小さな破片が入り交じっている。

轟巧という人間の考え方はあまり褒められたものじゃないと思うし、僕も嫌いだ。それでも、刀一本で僕が手も足も出なかったアカに勝ったのは素直に凄《すご》いと思う。

例えば、彼がアカの異能に対して行った考察。

僕は息を腹の奥まで吸い込み、吐き出す。

風を操る時、その重さは不思議と肺の下の方に感じる。アカでもこれほどの重さを持ち上げたことはなかった。ズンと、まるで漬物石でも抱いたような重さが肺を押して、息を吐くのと合わせて、苦しくなる。

だが、風は狙い通りに動いている。

和抄造の周りに吹かせた風は瓦礫を持ち上げ、彼へ向かう風に乗せてそれを勢いよく運び、無数の瓦礫の雨となって和抄造へと降り注いだ。

「ほぉ」

だが、全ての瓦礫が彼に当たる前に空中で動きを止める。

周囲の物体を操る異能だ。

和抄造は感心したような顔で楽しそうに目だけで笑った。

そう言えば、あの時も氷塊を浮かべている間は言葉を発していない。

「轟巧って人間が僕は嫌いだ、たぶん実際に知り合ったとしても彼は僕を雑兵と片付けるだろうし、僕は彼を理解できなかったと思う、でも彼は本気で剣と向き合っていたし、その力は本物だったと思う、なにより観察する力が高かった」

あの異能の発動の条件は恐らく、息を止めることだ。

呼吸を操作する時は、口ではなく胸の下、横隔膜を見る。

服の上からでもその状態がわかるくらいに、轟巧《とどろきたくみ》は人間の身体の動きを経験から把握していて、どう動くのかもわかっていた。

特に横隔膜は不随意筋で、操作はそれほど難しくない。

和抄造《にぎしょうぞう》は僕の言葉が理解できないような表情をしながら、こちらへと瓦礫《がれき》を飛ばして来た。

そのタイミングで横隔膜を押し上げ、強制的に呼吸を再開させる。

明らかに驚いた表情で息を吐き出した和抄造と同時に瓦礫は制御を失ってそのまま地面へと落ちた。

ずっと貼り付けたような不敵さの変わらなかった和抄造が初めて心の底から驚いているのがわかる。

心理的な虚。

轟巧ならこの隙を逃すようなことはしないだろう。

僕は駆け出す。同時に、和抄造の目に注視して、彼の瞬《まばた》きを誘発させる。

轟流特有の隙を生かすための特殊な移動法は剣道の踏み込みを更に前に移動するために特化させたようなもので、瞬きの僅かな間に大きく間合いを詰めることができる。

手が届きさえすれば、八色《やいろ》の異能で全てを終わらせられる。

和抄造から見れば瞬間移動のように見えるだろう移動方法で近づく僕に、彼は後ずさりしながら氷塊を飛ばしてくるが、慌てているのか精度が甘い。

なにより、そんな氷じゃ美久月奏《みくづきかなで》の壁は壊れない。

大きく弧を描くように走り、確実に和抄造との間合いを詰め、ようやく次の踏み込みで手が届くという距離まで肉薄する。

「驚いたよ」

僕の踏み込みに合わせたように和抄造はそう言って、指を鳴らした。

目の前の和抄造が消えるのと同時に、背中に激しい衝撃が走る。

「君の言ったとおりこの異能は時間を操作するものだ」

僕の身体は吹き飛ばされ、瓦礫の上を転がって、無数の擦り傷を身体に刻みながらやっと止まった。

痛いけど、死ぬほどの痛みじゃないと直《す》ぐにわかる。

伊達《だて》に何回もいろんな死に方をしてきたわけじゃない。

「残念ながら、君が思っていたものとは少し違うものだったようだがね」

僕は立ち上がる。吹き飛ばされながらも、身体はしっかりと受け身を取っていて、ダメージは最小限に抑えられていた。アカと轟巧の運動神経のなせる技だろう。

アカが死んで、轟巧になった時、僕の状態が偶然でも奇跡でもなく自分の異能によるものだとわかった。

自分を殺した相手へと憑《つ》く異能。

アカに殺されるまで死んだことがなかったんだから、わからなくて当たり前だった。

むしろ、殺されて初めて発動する異能なんて誰がわかるだろう。

轟《とどろき》巧《たくみ》の中で最初僕は絶望していた。これがずっと続くのだと。僕の中には大迫《おおさこ》祐樹《ゆうき》だった頃の記憶とアカだった頃の記憶、そして轟巧である記憶があって、そのどれもが齟《そ》齬《ご》なく自分のものだと思えた。

なにもできないまま、殺し殺されるのを見ているだけなんて、そのうち自分は狂って誰かもわからなくなるだろうと思った。

「しかし、君、驚いたよ、何種類の異能を扱えるのかね、先ほども変なことを言っていたようだし、死ぬ前になんの異能なのかを教えてはくれないかな」

和抄造《にぎしょうぞう》は傷だらけの僕を見て満足なのか不敵さを取り戻し、笑う。

僕の回答を期待するようでもなく、彼は再び無数の氷塊を作り出し飛ばした。

同時に、視界が消える。

目が見えない。

視力を奪う異能。轟巧も一度経験した異能だ。発動条件は恐らく触れること。

見えないことは世界がないことじゃない。

なにより、美久月奏《みくづきかなで》はずっとその世界で生きてきた。

焦る必要もない。

咄嗟《とっさ》に、左の親指と薬指を付けて壁を作る。しかし先ほど砕かれてからまだ戻っていないようで、不発になった。

代わりに、右手で壁を作る。

壁に氷塊が当たって砕ける音がした。

その音に交じって、速い足音。

和抄造が近づいて来ている。

壁の前で足音が止まった。

衣擦《きぬず》れの音で和抄造が外側の壁を壊したときのように、大きく右腕を振り上げているのがわかった。

お世辞にも隙が少ない行動じゃない。

息を大きく吸い込み、吐き出しながら、彼の足下に風を起こす。

少しのラグがあって、風が和抄造の身体を持ち上げるのと、彼の拳が見えない壁を砕くのは同時だった。

壁が砕かれる感覚は直接身体のどこかが痛いというわけではないけれど、それでも響く。思わず止めてしまいそうになる息を、強引に吐き続け、風で和抄造の身体を天高くへと持ち上げる。

少なくともこれまでに見た中で落下に対して耐性のあるような異能はなかった。これで、息を吐くのを止めれば、彼の身体は地面へと叩《たた》き付けられる筈《はず》だ。

指を鳴らす音がした。

同時に視力が戻る。

空に居たはずの和抄造《にぎしょうぞう》が目の前で、壁を殴る直前の姿勢で立っていた。

あの異能は位置まで戻すのか。

身構える間もなく、彼の拳は振り下ろされ、僕の腹を思いっきり殴る。

これは助からない痛みだと瞬時に理解した。

伊達《だて》に何回も死んでいない。

血と内臓をまき散らしながら、僕の身体は吹き飛ぶ。

こんな痛み、何回味わっても慣れるものじゃない。

即死というのは案外難しいもので、どれ程高所からの墜落死でも少しの間意識はあったし、圧迫死でも案外死ぬまでの間はあった。唯一即死できたのは八色《やいろ》の時だけだ。

だけど、これでいい。僕が和抄造に殺されれば、僕は和抄造になる。そこで八色にしたように自分に異能を使って死ねばいい。

今度こそ本当に僕は消えるかもしれないけれど、それで知海《ちひろ》さんを救えるのなら構わない。

吹き飛び、受け身さえ取れず地面を転げ回り、身体の全ての部位に痛みを感じながら、僕の身体はようやく止まった。

「祐樹《ゆうき》君」

声がした。真上から。

声の主を視界に収めるよりも早く、柔らかい手が僕の頬《ほお》に触れる。

瞬時に痛みが消え去った。

「月摘《るつみ》さん？」

「さっきは名前で呼んでくれたでしょ」

僕を覗《のぞ》き込むその目は潤んでいた。

残念ながらハンカチを持っていない。

「久し振り、知海さん」

仰向《あおむ》けに寝そべってそんなことを言う僕に知海さんは笑って、手を差し伸べる。

僕の身体が完全に「直って」いた。

「やっぱり、さん付けなんだね」

柔らかい手の感触がとても懐かしかった。

もう、これだけで僕がこの異能を持っていた意味が満たされてしまった気がするけれど、
残念ながらまだ全然終わっていない。

「ふむ、水を差されてしまったか、そう言えばまだ始末をしていなかったな」

立ち上がった僕の視界の先に、和抄造が立っていた。

「色々と話したいことがあるけど、先にラスボスを倒さないと無理そうだね」

「まだそんな大それたことを言えるとは、呆《あき》れる」

轟巧《とどろきたくみ》として美久月奏《みくづきかなで》を見た時、アカが大切に思っていた彼女を守るのが自分の役目だと思った。アカが死ぬのをただ見ていることしかできなかったせめてもの罪滅ぼしとして。アカの異能が使えること、ほんの少しなら憑《つ》いている人間の身体を操れること、その二つは美久月奏を守ろうと無我夢中の中気付けたことだった。この力があれば美久月奏を守れるかも知れないと思った。

でも、その美久月奏も八色《やいろ》にあっさりと殺され僕は自分の無力さを呪った。誰一人として守れない自分がこうして不思議な状態で生きている意味を知りたかった。八色の殺人も止めることはできなかったし、自分の異能に意味なんてないと思っていた。

「祐樹《ゆうき》君」

知海《ちひろ》さんが心配そうな顔で僕を見ている。

勝算があるのかと聞かれたらわからない。

あの時間の異能もあるし、まだ見せていない異能も彼のことだから持っているだろう。

それでも、僕は言わないといけない。

「それが主人公の務めだからね」

八色の目の前に知海さんが現れたとき、本当に驚いた。

そして、どうやっても彼女だけは守りたいと思った。

それこそが僕がこの異能を持って、幾つもの後悔を抱えて、何度死んでも僕であり続けた理由だと思った。

八色を殺すことが辛《つら》くなかったと言えば嘘《うそ》になる。

連続殺人鬼としての八色は許されるべきではない。でも、彼女が感じていた生きづらさは高校に入って、アカや知海さんと仲良くなるまでの僕が感じていた生きづらさと同じものだった。もしも、僕が生まれ持った異能が八色のものだったなら、アカや知海さんに出会わなければ、僕が八色になっていたのかもしれない。

そんな、もしも、に意味がないことは知っている。八色は許されない殺人鬼で僕は彼女を救えなかった平凡な先輩だ。

だからこそ、僕は知海さんを守らないといけない。彼女にとって特別な大迫《おおさこ》祐樹として。

そして、僕は今こうして立っている。

「やってみたまえよ、主人公君」

和抄造《にぎしょうぞう》は僕を挑発するように両手を広げた。

「やってやるさ」

僕は無謀にも和抄造へと向かって駆け出す。

こっちの手の内はもう殆《ほとん》ど見せてしまった。

彼は慢心こそしているが、油断はしていない。風で持ち上げれば、時間を戻して逃げられる。遠距離からの投擲《とうてき》は逆に返される。近づけば圧倒的な力で殴られる。遠ざかれば氷塊が降り注ぎ、それを防ぐ壁は壊される。

正直に言って勝機はかなり薄い。

アカ、特別ってのは大変だな。

踏み出した右足が、踏みつけるはずの地面を踏み抜いた。

身体がバランスを失い、落下する。

「こんな異能もあったな、使わないと忘れてしまう」

一瞬で暗くなった周囲に直《す》ぐに状況が飲み込めなかったが、上を見るとどうやら突然あいた穴に落ちたようだった。

体育館の床、合板のさらにその下らしい。

立ち上がろうとして、足元がやけに柔らかいことに気付く。

足下の瓦礫《がれき》や、割れた合板がまるでスポンジのように柔らかくなっていた。穴が開いたのではなく、これらが僕を支えられなくなって落ちたのか。

幸い、深さはそれほどでもなく、下が柔らかいこともあって怪我《けが》などはしていない。

上からの追撃に備えたが、その代わりに声が降って来た。

「君は少しそこで休んでいたまえ」

知海《ちひろ》さん！

早く戻らないと知海さんがやられる。

直ぐ横の壁に手を掛けてよじ登ろうとするけれど、そこも足下と同じようにスポンジのように柔らかくなっていて、身体を支える前に崩れていく。

登れない。

アカの時のように、美久月奏《みくづきかなで》の時のように、僕はまた守れないのか？

「俺は空を飛んでみたいな」

アカの言葉が思い出された、美久月奏と話していた時の台詞《せりふ》。全く本心ではない、話題に繋《つな》げるための適当な台詞。どうして今と思ったけど、悪くないアイデアだ。

足元に風を起こす。

僕を空へと持ち上げた時と同じ要領で、僕を空へと持ち上げる。

空を飛ぶのは三度目だから慣れたものだ。

勢いよく穴から出ると目の前に和抄造《にぎしようぞう》が居た。

咄嗟《とつさ》に手を伸ばすが、あと少し届かない。

急いで振り返ると、まだ知海さんは生きていた。

間に合った。

風を止めて、自由落下にまかせて着地する。

格好《かつこ》良く決めるつもりだったけど、不安定な足場に尻餅をついてしまった。

アカのようにはいかない。

「早いお帰りだ、もう少しゆっくりしていても良かったと思うがね」

和抄造が腰をついている僕へとすかさず氷塊を飛ばす。

右手の指が殆《ほとん》ど無意識に動いて親指と薬指を結んでいた。

直っている。

氷塊は見えない壁に阻まれ、砕ける。

「では、繰り返しだ」

和抄造《にぎしょうぞう》は右腕を振り上げ、振り下ろす。

もう、それは見飽きた。

彼の拳が届く瞬間に、指を離して壁を消す。

同時に風を起こし、彼の身体を後ろへと飛ばした。

空を切る拳に身体を引っ張られるような体勢で和抄造は後ろへと飛ばされる。

その隙に立ち上がって、僕は身構えた。

指を鳴らせ。

あの異能が、対象の状態と位置をその時間まで戻すってことはもうわかっている。今指を鳴らせば、彼は僕の目の前に現れる筈《はず》だ。僕の手の届く位置に。

しかし、彼は指を鳴らさずに、普通に着地した。

「君は読み合いが下手だな、そんなに物欲しそうな顔をしていたらだめだろう」

和抄造はため息さえ吐いて、笑う。

確かに、八色《やいろ》のようなポーカーフェイスは僕にはない。隠したと思っていても、簡単に見破られてしまうくらいには隠すのが下手らしい。

それなら、見せなければいい。

和抄造に向かって走り出す。

「猪突猛進《ちょとつもうしん》かね」
彼の瞼《まぶた》に注視して、瞬《まばた》きをさせ、息を吐き、風を起こし、僕は飛んだ。
アカ、空を飛べたな。
大きく弧を描いて、彼の頭上へ。
和抄造は突然視界から消えた僕がどこにいるのかわからないようで、首を振った。
風を自分の真上から吹かせて、和抄造へめがけて急降下する。
決まれ！
あと数センチで手が届くところで、和抄造は顔を上げ、僕と目が合う。
同時に、指が鳴る音がした。
彼の姿が消え、さっき僕を殴ろうとしていた位置に現れる。
こんなんじゃ永遠に追いつけない。
不毛な追いかけっこをしているような気になる。
パンッ。
乾いた音がした。
和抄造の胸に小さな穴が開き、そこから血が服に滲《にじ》んでいく。
「ん、これは？」
驚いたような和抄造が振り返る、知海《ちひろ》さんの横に月摘重護《るつみじゅうご》が立っていた。
白煙の上がる拳銃を構えて。

「やってくれるね、月摘重護《るつみじゅうご》」

意識が僕から逸《そ》れた。

「タチバナ、悪く思うなよ」

続いて、二発、三発、月摘重護の拳銃が白煙をあげ、その度に和抄造《にぎしょうぞう》の身体に穴が開き、血が出る。

「悪くは思わないが」

彼は右手にはめた指輪を見る。黒く、賢者の石が光ると同時に、血が消えた。

和抄造の表情は僅かに苛立《いらだ》っているようだった。

「コレを無駄に使わせないでくれ、やはり君たち兄妹から片付けるべきだったな」

和抄造が月摘さんたちに向き直る。

発砲音がしたときに、僕は既に駆け出していた。

数発、さらに月摘重護は銃を撃つが、その後の弾丸は全て和抄造に届く前に空中で止まる。

「させるかっ！」

僕が瓦礫《がれき》を飛ばしたときと同じ要領で、彼は銃弾を月摘重護に向けて撃ち出そうとする。

十メートル、間に合った！

その範囲に和抄造を捉え、左手で壁を作る。

和抄造の撃ち出した弾丸はその壁に阻まれ、落ちた。

「小賢《こざか》しいな、君も」

明らかに苛立《いらだ》った顔を和抄造《にぎしょうぞう》は僕に向ける。

これまでで、一番わかりやすい反応だ。彼は賢者の石を消費することを嫌がっている。

心理的な虚。

轟《とどろき》巧《たくみ》が笑った。

美久月奏《みくづきかなで》が壁を内側に向けて動かす。

拳を振り上げ、壁を砕こうとする彼を、アカが風を起こして妨害した。

苛ついた和抄造が指を鳴らす。

知っている。そこもまだ壁の範囲内だ。

追いかけっこが終わる。

時間を戻しても迫り来る壁の中から出られていないことに気づき、初めて彼は少しだけ焦ったような顔をした。

「これで勝ったつもりかな？」

「そのつもりだよ」

「そうかね、素晴らしい思い上がりだ、無駄遣いはしたくないが勉強料だろう」

苦虫を噛《か》み潰したような顔で和抄造は賢者の石へと目を向ける。

賢者の石が異能によって創られたものなら、その性質も異能と同じはずだ。

条件は恐らく、見て念《おも》う。

その発動までは少しラグがある。条件として視界を要求する異能は発動までに少しでも視界が途切れれば不発に終わる。

和抄造はまばたきをした。

正確には、僕がさせた。

「なっ⁉」

驚く和抄造へ風を四方から激しく吹かせ、その動きを封じる。

壁を狭め、僕は歩く。その間にも和抄造のまぶたに意識を集中させ、賢者の石を妨害する。三つの異能を同時に使って、頭が沸騰しそうになるけれど僕一人で戦っているわけではない。

賢者の石で解決するのを諦めた和抄造は僕を見る。

「三つも異能を使えるとは、珍しい人間もいたものだが、児戯は終わりにしよう」

大きく息を吸った和抄造は少し屈《かが》んだかと思うと、僕に向かって一直線に飛び出した。

アカの風をものともせずに抜けて、美久月奏の壁はスポンジのようになり瓦解する。

「祐樹《ゆうき》君、後ろ」

知海《ちひろ》さんの声がした。

音で瓦礫《がれき》が飛んできているのがわかる。

月摘《るつみ》さんの駆け出す音もする。

ただ、振り向く時間はなかった。

和抄造《にぎしようぞう》が目の前に迫っていた。余裕の笑みを浮かべた表情。

コマ送りのように、彼の動きがよく見える。

拳を振り上げ、右足を踏み込みながら、殴りかかる。

まるでなってない。

轟巧《とどろきたくみ》が呆《あき》れた。

トレーニング不足だね。

アカが軽く笑い、身を躱《かわ》す。

ごめんなさい。

美久月奏《みくづきかなで》が申し訳なさそうに手を伸ばした。

壊れろ。

和抄造に触れて、八色《やいろ》が冷たく笑った。

「僕の勝ちだ」

和抄造の身体が驚く間すらなくボロボロと崩れる。服も、装飾品も、賢者の石も全て完全に崩れ、風に乗って消える。

後ろで、瓦礫《がれき》が墜《お》ちる音がした。

終わりと言うにはあまりに唐突に訪れた決着に、少し拍子抜けさえする。

「終わったよ」

振り返ると、知海《ちひろ》さんが既に直《す》ぐ近くにまで駆けてきていた。

彼女はそのまま勢いを殺さずに、僕に抱きつく。

懐かしい甘い匂いと、柔らかい感触が飛び込んできて、僕は全身でそれを受け止める。

「本当に祐樹《ゆうき》君なんだよね、生きてるんだよね？」

「うん」

なにか言おうとしたけど、それ以上は言葉が出てこなかった。

最終章

主人公たち

Grab your desires with your own hands.

《八月九日金曜日　月摘重護《るつみじゅうご》》

「それじゃ、一つずつ整理していこう」

警察署内、取調室。

目の前には紗那《さな》と知海《ちひろ》、そして大迫祐樹《おおさこゆうき》。

名目上は先日から行方不明となっている八色真澄《やいろますみ》の関係者聴取となっている。

実際は六月十四日金曜日からこの街で発生した複数の事故死と病死に関する整理だ。

「六月十四日金曜日、自動販売機前で喜渡浩介《きどこうすけ》が心臓発作で死亡した、外傷はなし、また事件性もみられずよくある病死として処理された」

と、俺の手元の資料にはある。そして、ぼんやりとだが俺の記憶にも。

「それは八色が行った犯行です」

「私、その現場重護に見せてもらった気がするけど」

早速一つ目の食い違いだ。

八月四日、崩壊した市営体育館の上で咄嗟《とっさ》に「タチバナ」を撃って、知海と大迫祐樹に

「大会」と連続殺人の説明をされてから、この街で六月から発生した死亡案件を全てまとめることになった。おかげで寝不足だ。

一件目がおおよそまとまり、次の案件に移る。

「次は六月十六日日曜日、工場跡地で大迫祐樹が墜落死した、近隣のビル工事現場から誤って落ちたものとされ、事件性はなし」

「あっ、それが僕です」

なにより頭の痛い案件がこれだ。

「改めて確認するが君は大迫祐樹で間違いないんだな」

「はい」

「そして、この事件で死んだのも君だと」

「はい」

事のあらましは既に聞いてはいたが、やはりにわかには信じ難《がた》い。しかし、紗那や知海が俺を騙《だま》すような理由もない。

「そのときの状況を詳しく教えてくれ」

三時間かかってほとんどの事件に裏が取れた。どこに提出する予定もない調書だが、これを作らなければ事件は終わらないような気がした。

この中で正確に記憶を保っていたのは大迫祐樹だけで、紗那は俺に見せられた現場の記憶を、知海は大会に関連した記憶をそれぞれおぼろげに持っているだけだった。俺に至ってはほとんど覚えていない。これは他の人間も同様で、和抄造《にぎしょうぞう》が行った事実改変の影響だと考えられた。

「長時間の協力感謝する、おかげで大方理解できた」

「もう帰っていい？」

飽きたような紗那《さな》が欠伸《あくび》をしている。

「ああ、いいぞ」

「ねぇお兄ちゃん、祐樹《ゆうき》君は大丈夫なんだよね？」

心配そうな顔を知海《ちひろ》が向けた。

俺が覚えている唯一の記憶。それは、大迫《おおさこ》祐樹が和抄造とおぼしき人物を殺害した場面だけだった。

「調べてみたが和抄造という人物に該当者はなかった、存在しない人間を殺すことはできないだろう」

知海と大迫祐樹が同時にホッとしたような表情をする。

まぁそれとこれとは別の問題もあるわけだが。

「だが、大迫祐樹は残れ」

「僕、ですか？」

「君は処理上死んだことになってるからな、一緒に役所に行って死亡届の撤回をするぞ」

「あっ、そうですよね」

「それと、道中聞かせて貰《もら》おうか、知海とどういう関係か」

「おつかれー」

騒がしい週末の居酒屋で紗那が間の抜けた声で生ビールの入ったジョッキを持ち上げた。

「おつかれ」

それに合わせて俺もオレンジジュースの入ったグラスを持ち上げ乾杯をする。

しかし、気持ちは全然晴れなかった。

知海たちの手前ああ言ったが本当にあれで良かったのかまだ考えている。一連の事件で少なくない犠牲者が出た。彼らのことを思うと、俺の決断は自己満足に過ぎないのではないかと思えた。

「また難しそうな顔してるね」

そんな俺の顔を紗那が焼き鳥を頬《ほお》張《ば》りながら覗《のぞ》き込んだ。

「少し考え事をな」

「こういう時くらい忘れないと、そんな顔になっちゃうよ」

そんなことを言う紗那の右手に指輪が光る。なんとなく、それが目についた。

「その指輪って前からしてたか？」

「ん、あーこれ？　小学生の頃から持ってるよ、今更？」

「そうだったか」

なぜ指輪など気になったのかわからない。きっと、色々なことがありすぎて気が張っていたのだろう。

もう事件は終わったのだ。

そう、事件は終わった。少なくとも世間的には存在しないことになっている。

相方が辛気くさい顔をしているのも詰まらないだろう。呑気《のんき》にビールを飲む紗那《さな》に免じてこの瞬間だけは少し忘れることにしよう。

「そう言えば、お前どこに行ってたんだ」

曖昧な記憶でも、紗那がいなくなって探し回った記憶は確かにある。あの時の俺はかなり心配していた筈《はず》だ。

「インド行ってた」

「は？」

「丁度いい感じで知り合いから連絡があってね、まぁそれだけじゃなかったと思うんだけど、逃げなきゃとか、重護《じゅうご》に迷惑かけられないとか色々考えてた部分はあるんだよ、忘れたけど、んで少しインド行ってた」

紗那はビールを少し飲んだ後、砂ずりの焼き鳥を美味《おい》しそうに頬張《ほおば》る。

こっちの気も知らないで、気楽な様子に少し納得がいかない。

「お前、それならそうと俺に伝えとけばよかっただろ、どれだけ俺が心配したと」

「心配してくれた記憶はあるんだ」

「いや、きっと心配しただろう、と思う」

「本当に？」

「するだろ普通、幼馴染《おさななじ》みが突然いなくなったら」

「ふーん、まぁそれなら許してあげる」

「許すってなにをだよ」

「さぁ忘れた」

　ケラケラと紗那は笑った。

《八月十四日水曜日　大迫祐樹《おおさこゆうき》》

　終業式をすっ飛ばして、いつの間にか夏休みが来ていた。

　その登校日。

　久し振りの教室はなんだか少し余所余所《よそよそ》しい。

　まぁ死んだはずの人間が登校してきたらそりゃこうなるだろう。

　自分の机がまだ残っていることに驚きつつ、席に着いた。

　この教室にもうアカはいない。

　嫌というほど知っていても、その空白はとても大きく感じた。

「おはよ、祐樹君」

　その空白を少しだけ埋めるような声が僕を振り向かせる。

「おはよう、る」

言いかけて、そうじゃないと訂正する。

「知海《ちひろ》さん」

「うん」

少し恥ずかしそうに、それでも嬉《うれ》しそうな顔で知海さんは頷《うなず》いた。

この一言を教室で彼女に言うために随分と長い道のりだったと思う。

「あっ返すの遅くなってごめんね」

思い出したように知海さんはポケットから懐かしいハンカチを取り出した。

「そう言えば貸してたね」

受け取って、そのハンカチを見る。そう言えば、八色《やいろ》が助言してくれたんだったな。

「ちゃんと洗ってるよ？」

思いの外長く見ていたようで、知海さんが首を傾《かし》げた。

「いや、そうじゃなくてね」

返す言葉が咄嗟《とっさ》に見つからずに笑う。


もうあの頃は帰ってこない。

あの日、貸したハンカチが返ってきて、二ヶ月が経《た》っていた。

思い返すのも憚《はばか》られるようなこの二ヶ月を僕はきっと生涯忘れないだろう。

赤根凛空《あかねりく》、轟巧《とどろきたくみ》、美久月奏《みくづきかなで》、八色真澄《やいろますみ》。

彼らがまだ生きていた二ヶ月前、僕がまだただの僕だった二ヶ月前。

『祐樹《ゆうき》君も私にとっては主人公だよ』

あの日、バスから降りた時知海《ちひろ》さんが言った言葉をずっと噛《か》み締めていた。

いくつもの叶《かな》えられなかった願いや想《おも》いを噛み締めていた。

「そう言えば、お兄ちゃんに何か言われた？」

物思いにふける僕を現実に引き戻すような知海さんの声。

手続きの時のことだろう。

死んだ人間が生き返るのは、本当に色々と大変だった。

「付き合ってるのか、とかは訊《き》かれた」

そう、僕は生き返った。その意味はもう知っている。

「もー、お兄ちゃんが変なこと言ってごめんね」

知海さんは可愛《かわい》く頬《ほお》を赤らめた。

「いいよ、まだ付き合ってないって答えたから」

僕に死んだ彼らの願いを叶えることはできない。

僕はアカにはなれないし、轟巧にはなりたくないし、美久月奏じゃないし、八色とは違う人間だ。

だから、精一杯自分の人生を生きようと思う。

僕は主人公だ。

「えっ？」

驚いた顔で知海さんが僕を見る。

僕も知海さんを見る。

改めて二次元からそのまま抜け出して来たのではないかと思えるくらい可愛い。

でも、もう僕なんかとは思わなかった。

「知海さん、僕のヒロインになってくれますか？」

《八月十四日水曜日　月摘重護《るつみじゅうご》》

橘《たちばな》の死体が発見された。
場所は自宅アパート、死後およそ二ヶ月。
検死の結果、事件性は認められず恐らく自然死ということだった。
遺体は腐敗が激しく一部白骨化していた。
夏は痛みが早い。
署を出ると、恨めしいほどの日差しに、蝉《せみ》が鳴いていた。

了

あとがき

いつもの方はこんにちは、初めての方は初めまして。

とは言いますが、これがデビュー作で、これまでどこかで作品を公開するということもほとんどしてこなかったので、初めましての方が大半だと思います。

そもそも、賞を取るということも初めてでして、これ以前の作品は全て一次落ちだったので佳作入選を聞いたときには夢か冗談かと思ったほどです。ましてや審査員特別賞をいただけるとは思ってもみませんでした。人生わからないものですね。

遅くなりました、改めまして、落葉《らくよう》沙夢《さゆめ》と申します。

私が小説を書き始めたのは比較的遅く、大学四年の頃でした。

それまではガチガチの理系でして、高校では化学部に入り研究三昧の日々を送ったり、大学では工学部で自堕落な日々を送ったりしていました。

そんな私がなぜ小説を書き始めたかと言えば、ある日、印象的な夢を見まして、その内容が忘れられず、かといってそれを誰かに話す気にもなれなかったので、書いてみようと思ったのが始まりです。ちょうどその頃、小学生の頃より抱いていた研究職になるという目標を捨てた時期だったこともあり、ぼんやりと小説家というものを目標にするのもいいかもしれないと思ったりもしました。

初めて書き上げた作品は目も当てられないようなものでしたが、小説を書く楽しさと苦しさに私は夢中になってしまったのです。そこから本格的に小説家を目指そうと思うには少しの紆余曲折があったりしますが、始まりは紛《まぎ》れもなく一編の拙い小説でした。

そこから思うと随分遠くに来たなぁと、感慨深くもなんだかまだ夢の続きにいるような気分さえしてきます。

要領を得ないあとがきですみません。では、遅くなりましたが謝辞を。

先《ま》ずは選考してくださった審査員の先生方、私のような変わり種を拾い上げていただいたMF文庫J編集部の皆様、そして担当編集様ただただ感謝しかありません。色々と不慣れでご迷惑をおかけしました、今後もおかけするかと思います。よろしくお願いします。

イラストを描いていただいた白井鋭利《しらいえいり》様。描きにくい作品だったと思いますが、とても素晴らしいイラストをありがとうございます。自分の考えたキャラクターを絵として見ることができた時の感動はとても言葉では言い表せません。

最後に、本作を手に取っていただいたあなたに最高の感謝を。読まれることで本は本足り得る。とは少し格好《かっこう》付けすぎかもしれませんが、あなたが読むことで本作は完成します。

どうあっても私は小説を書き続けるのでしょうが、願わくばまたこの場でお会いできればと思います。夢の続きをあなたと。

MF文庫J

―異能―

2020年 1月25日 初版発行

著者 落葉沙夢

発行者 三坂泰二

発行 株式会社 KADOKAWA
〒102-8177 東京都千代田区富士見2-13-3
0570-002-001（ナビダイヤル）

印刷 株式会社廣済堂

製本 株式会社廣済堂

Printed in Japan　ISBN 978-4-04-064195-9 C0193

◇◇◇

この作品は、第15回MF文庫Jライトノベル新人賞〈審査員特別賞〉受賞作品「異能モノ」を改稿・改題したものです。

【ファンレター、作品のご感想をお待ちしています】
〒102-0071 東京都千代田区富士見2-13-12
株式会社KADOKAWA　MF文庫J編集部気付「落葉沙夢先生」係　「白井鋭利先生」係